William Trevor

〔爱尔兰〕威廉·特雷弗 著 于是 译

露西·高特的故事

The Story of Lucy Gault

人民文学出版社

本书出版获得爱尔兰文学交流会(翻译基金)资助,特此鸣谢.
The publisher acknowledges the financial assistance of
Ireland Literature Exchange(Translation Fund), Dublin, Ireland.
www.irelandliterature.com
info@irelandliterature.com

著作权合同登记:图字 01-2009-3569 号

William Trevor
THE STORY OF LUCY GAULT

图书在版编目(CIP)数据

露西·高特的故事/(爱尔兰)特雷弗著;于是译.
—北京:人民文学出版社
ISBN 978-7-02-007588-1

Ⅰ.①露… Ⅱ.①特… ②于… Ⅲ.①长篇小说-爱尔兰-现代 Ⅳ.①I562.45

中国版本图书馆 CIP 数据核字(2009)第 105930 号

特约策划:彭 伦 蔡 耘
责任编辑:吴继珍
封面设计:张志全

出版发行 人民文学出版社
社　　址 北京市朝内大街 166 号
邮政编码 100705
网　　址 http://www.rw-cn.com
印　　制 宁波市大港印务有限公司
经　　销 全国新华书店等
字　　数 192 千字
开　　本 890×1240 毫米 1/32
印　　张 8.5
印　　数 1—10000
版　　次 2012 年 9 月北京第 1 版
印　　次 2012 年 9 月第 1 次印刷
书　　号 978-7-02-007588-1
定　　价 28.00 元

献给简

序

李翊云

二〇〇八年九月，我前往英格兰东苏赛克斯参加威廉·特雷弗的读书会，机不可失，因太罕有。读书会是在查尔斯顿农舍举办的，那曾是邓肯·格兰特和凡妮莎·贝尔昔日的寓所，亦是布鲁姆伯里沙龙在一战时的聚会地。查尔斯顿花园是典型的英式园林，如今的园丁名为马克，是个怪异但可爱的先生；朗诵会后的下午茶是精致的英式茶点。在满屋子人的闲聊中特雷弗先生转向我，说道："身在这些英国人中间，您一定感觉有点怪吧。"

后来，在刘易斯车站等候前往伦敦的火车时，特雷弗先生对他太太和我讲起读书会后邂逅一位老者的小插曲。老人的太太生前酷爱阅读小说，当她病重卧床，无法再读书时，他便开始念书给她听。在她弥留之际，他念的便是特雷弗的短篇小说。"他告诉我这事时，我都快哭了。"特雷弗先生说着，蓝眼睛湿润了，浮现出淡淡的忧伤，那也是他的许多肖像照中常见的眼神，但那位老人说能在她告别尘世时朗诵特雷弗的小说给她听，他只觉幸福。特雷弗先生对我说："那是我们写故事的原因。"

威廉·特雷弗被《纽约客》誉为"在世的最伟大的英语短篇小说作家"，同样，也是容易被普通读者忽视的作者。这并不奇怪，因为写作者似乎有不同的种类：有一类擅长在小说中融入个人特质，将作者本人的自我展现于读者面前；另一类则将自我隐藏于笔下人物的性格之中。威廉·特雷弗即属后者，不过，纵使他离群索居、安静隐世，却源源不断地奉献出一本又一本小说，长篇短篇双管齐下。恰如《华盛顿邮报》书评版"读书世界"所言："惟有文字感觉纯正精致的作者，才能在短篇和长篇两类创作中兼具大师风范，而威廉·特雷弗就是当之无愧的大师。"

一九二八年，威廉·特雷弗出生于爱尔兰科克郡的米切尔镇，本名为威廉·特雷弗·考克斯。他的童年是在爱尔兰度过的，在多个爱尔兰中小学校接受教育后，又到都柏林入读圣三一学院。二十世纪五十年代，特雷弗移民英格兰，直到今天仍在英国生活。自一九五八年出版处女作，特雷弗至今已出版了二十多部著作，包括短篇小说集、长篇小说、一部回忆录和数部剧作，这些也为他赢得了诸多奖项。同时，他也是爱尔兰文学与艺术协会的成员。一九七七年，为了表彰他"对文学事业的卓越贡献"，特雷弗被英国王室封荣誉爵士，一九九四年，又被冠以"文学伴侣"之美誉，二零零二年，再因对文学的不懈奉献受封荣誉骑士之称号。

在奉行天主教的爱尔兰，特雷弗出身于新教之家，成年后移民英格兰。他本人坦承，他一直有种"生活在边缘"的感觉，也恰是因由距离感——背井离乡，寄居他国，地理和国籍都会带来距离感——令他能够站在旁观者的角度体察两国及其民众。他的早期作品常常描述英伦世事，后来爱尔兰又被融入其小说，但无论情节人物如何设置，他所关注的主题却始终如一，既有同情悲悯又略带冷漠超然，写出普通人生命的萧瑟荒凉：孤立隔绝，谎言欺瞒，背信通奸，生老病死。他笔下的人物对生活索取甚少，所得却更少。通常，他们是以苦为乐、坚忍存活的小人物，大世界不会被其心中呐喊所打动；意外事故偶有发生，小如餐馆中一席被毁的晚餐，大至一起险恶谋划的谋杀案，都足以将他们引入歧途，背离最初选择的道路；但即便如此，他们也拒绝占据舞台中心，不愿成为世相焦点。纵使在自己的哑剧里，他们亦是临时演员。

欺骗和背叛，不可言说的秘密和不可言说的回忆，引发的后果便是卑鄙或凶残的罪行，而其根源理由或清晰可辨或神秘未卜；诸如此类的主题经常可见于特雷弗跨度五十年的小说文本中。V. S. 普里切特曾对特雷弗的著作有过相当精辟的评说："如同他的榜样契诃夫，威廉·特雷弗简洁、耐心而真诚地允许生活坦露内己，不加任何道义宣说；他是高妙的大师，将纷扰人类的想象力、我们的激情和那些良知的微妙波动尽显无遗。"

我是在二〇〇二年初接触威廉·特雷弗的杰作的，当时，一位朋友把他的短篇小说集作为礼物送给我。从那时起，我读了很多他的书，不仅反复阅读，也喜欢按照著作的出版时间顺序依次来读。他对人物的悲悯和理解无数次打动我的心，令我百读不厌，身为读者的我无法辨别每次读后汹涌而来的剧痛是源自书中人物的性格和悲剧，还是作者对人类本性的洞见。若有人声称完全领悟特雷弗的小说，无异于夸口妄言自己已领悟了生命本身。

《露西·高特的故事》首版于二〇〇二年，是特雷弗最近的一部长篇小说（不过，二〇〇九年秋天还将出版长篇新作《爱情与夏天》（*Love and Sumer*））。乍看之下，会以为这是延续“大屋”文学古风的传统之作。大屋，亦即权贵阶层（信奉新教的爱尔兰上流阶层）的豪华宅邸，一直是盎格鲁-爱尔兰文学世界里的经典主题，反映出十八世纪晚期新教地主阶层的焦虑不安。这种对未来的不确定感一直延续到爱尔兰现代民族主义的成长期、爱尔兰自由邦和爱尔兰共和国的始建期。撰写大屋主题的小说家有很多，诸如伊丽莎白·波文（*Elizabeth Bowen*）、莫里·基恩（*Molly Keane*）。特雷弗自己在早期长篇创作中也涉及过这一主题，譬如《花园中的寂静》（*The Silence in the Garden*）和《幸运傻瓜》（*Fools of Fortune*），但《露西·高特的故事》有所不同，似乎无法归类亦无法评析。这部长篇小说不以动作性的情节为中心事件，而是以深层冥想为抒情主题。小说随着时间以同样不疾不徐却略带神秘的气质推进情节，个人回忆交结又纠缠历史事件，构成了故事和传说。特雷弗撰写这部小说时已逾七十高龄。我总是在思忖，这部小说是否更像是他面对世纪交接时对历史所作的沉思？——随着高特上尉夫妇漫长的自我放逐，小说展现的不止是爱尔兰的历史，也包括整个欧洲的历史，同样也不拘泥于大屋小说的传统形式。与此同时，愧疚、救赎和流放的主题依然鲜明，如同他一贯的创作，这部小说假借静谧之貌，抒写私人挽歌，并极具宿命论调。

在很多采访中特雷弗都提到过，他的写作自困惑中来。也曾有人在与他面谈时确实注意到，他的身边存在着某种无害、但又确凿无误的对整个世界保持好奇的氛围。没什么事是板上钉钉的，万事万物乃至每个路人皆是如此，都值得再看一眼，再深究一次。或许这就是原因吧。数十年居住英伦的特雷弗依然视己为外来者，依然会在满屋子英国人的场合感到不可思议，而这种迷惑伴随着数十年来的细致观察和深沉思考也给予了他没有瑕疵的文学生涯。小说家托马斯·弗拉纳根曾说："威廉·特雷弗妙不可言，尽抒挚情；当他想要狂喜时便能写出欢闹，简笔勾勒加之精准观察又有无尽魄力；他可以令人倾倒于他的魅力，也可以让人伤怀心碎。"确实如此，无论在哪个时代都不会有太多能用笔下故事帮助老妇人安然辞世的作家，享有这种殊荣的大师堪称凤毛麟角。

第一部

1

埃弗拉德·高特上尉开枪打伤了男孩的右肩膀，那是一九二一年六月二十一日的晚上。夜色中，那几个人越过了私人领地界限，上尉站在二楼窗旁，瞄准他们头顶上方开了一枪，望着那三个身影匆忙奔离，其中两个扶着被击中的那个。

他们是来烧这栋大屋的，这是意料中的事，因为他们之前来过。上一次他们来得比这次晚，是在凌晨，刚过一点。上尉家的几条牧羊犬把他们赶跑了，可没过一星期那些狗全都被毒死在后院，高特上尉明白，他们还会来。“我们已在军营加强了戒备，先生，”塔尔提中士离开恩尼瑟拉后曾说，“哦，是紧急戒备，上尉。”不止拉哈黛大屋受到了威胁，不管军警巡逻的范围有多广，每星期总有什么地方出事。“上帝啊，求求你，这事儿总该到头了吧。”塔尔提中士说着走了。政局陷入动荡，几乎就要进入内战状态，到处都开始了军事管制。至于被毒死的狗，就没人管了。

枪击事件发生后，天渐渐亮起来，能看到大屋前拐角处的圆石路上有斑斑血迹。在一棵树后还发现了两桶汽油。被血迹染污的小圆石都被撬出来，挪走了，大约装满了两小桶。

高特上尉心想，事情会平息的：好歹有人吸取了一次教训。他写信给恩尼瑟拉镇上的莫里斯牧师，如果牧师碰巧听说谁被击伤，请务必代为转达他的同情和遗憾。他决无伤人之意，只想鸣枪警告，提醒入侵者注意：这片私宅有人看守。莫里斯牧师回了信：他一直是那家里最野的孩子。牧师以这种方式表达了对此事的看法，但遣词造句、字里行间却流露出一份笨拙的尴尬，似乎要他对眼下的事说点什么实在太难，似乎他不能理解伤人或致死都不是有意为之。他还写道，自己已经转达了上尉的意思，但尚未得到那家人的回复。

高特上尉受过伤。六年来，榴散弹的碎片依然在他的身体里，一直没取出来。他离开战壕、成为伤员回乡了。那次受伤宣告了他的军旅生涯正式结束。其实他始终渴望晋升，但从那之后，他永远只能是个上尉，真是太可惜了。不过，从另一方面来说，他并不是那种一蹶不振的失意人。天伦之乐是最美妙的慰藉，他和妻子海洛薇兹还有孩子过得其乐融融。全天下再没有别的地方能和这栋灰色三层大屋媲美，他在这里生活得很快乐。屋顶是石瓦铺成的，大门上方精致的半圆扇窗、精雕细刻的白木窗楣为石质墙壁增添了几分柔美。屋子右侧有一条又宽又高的拱顶走廊，地面铺着浑圆的鹅卵石，通向小小的后院，院里的石子小径一路通向屋后的苹果园和花园。站在大屋正门望出去，视野的一半是砂砾小道，另一半是郁郁葱葱的草地，一丛蓝色绣球花构成蜿蜒的分界线，将草地和周围高耸入云的树林隔开来。若从二楼背面的房间望出去，满眼都是宽阔的大海，能一直望见海平线。

高特家族在爱尔兰的渊源几百年前就已不可考。其祖先最早是在诺福克——家族内部对此并非深信不疑，但至少已达成共识——也就是科克郡的最西端落了脚。雇佣兵打下了一点江山，便常年长眠在那里，没人知道个中详情。到了十八世纪初，高特家族东迁，已壮大成体面的富裕人家，每一代都有一两个儿子继承从军的家族传统。他们买了拉哈黛的土地，再开始建造大屋。又长又直的林荫大道建起来，两边栽种了栗子树，森林峡谷被改造一新。后代又开辟了果园，选用的是阿马郡的种子；花园一直维持小小的规模，是一点一滴打理成的。一七六九年，汤申德大人[①]、代理总督大人曾在拉哈黛逗留；一八〇九年，斯图亚特王室的多罗马那豪宅里没有一间卧室能空出来，丹尼尔·奥康奈尔[②]就到这里住了一阵子。历史以这种方式在这里留下痕迹。但是，真正被人牢记在心的——正是最常挂在嘴边的——是生老病死，是婚丧嫁娶，是家族大事，还有这间屋、那间屋的改装修饰，或是谁和谁起了口角，又言归于好。一八四七年，有一位高特老爷中风后卧床三年不起，但神志倒还清楚。一八七二年，历时六个月的倒楣牌局使高特家把土地一片接一片地输给了近邻奥瑞利家。一九〇一年，白喉爆发，迅速传染，可怜高特的五口之家只剩下了埃弗拉德和弟弟。如今，客厅写字台上方还陈列着一幅祖先的肖像画，但年代太久了，究竟是哪位先人实在也没人搞得清。总之，那是一张肃穆庄严的脸庞，鬓腮光滑无须，冷静的蓝眼睛里没有流露过多的情绪。这便是大屋内唯一的肖像，当然，自从照相术发明后，这儿也攒下了很多相册，不仅收录了亲朋好友的容

---

① 查尔斯·汤申德(1725—1767)，英国政治家，一七六六年任财政大臣及代理首相。

② 丹尼尔·奥康奈尔(1775—1847)，十九世纪英国下议院中第一位伟大的爱尔兰领袖。

颜,还有“拉哈黛的高特”的全家福。

大屋、往昔乐土的残痕、覆着苍白尘土的悬崖、悬崖下的海岸、通往基劳兰渔村的小路、两边栗子树高高的树枝相交的林荫道——这一切已融入埃弗拉德·高特的体内,化作音容笑貌的一部分,恰如先人肖像中那头顺滑的黑发遗传到了后人的身上,成为鲜明的家族特征。他高高的个子,背挺得直板板的,喜怒哀乐尽于言表,现在的他也没什么野心了,很早以前就接受了宿命,只想怀一颗善心——那也是家族遗传下来的一部分——只愿能吸引蜜蜂飞向他的蜂房,再将垂倒的苹果树连根铲除,种上新苗。他亲自清扫大屋的烟囱,重嵌灰缝,还亲手更换窗玻璃。有时,他小心翼翼地爬上大屋的屋顶,修补那些时有裂缝或漏洞的老瓦片。他把强力胶挤在瓦缝里,颇能抵挡一段时日。

干这些活儿的时候,他通常让亨利打下手,那是个动作迟缓、身形壮硕的男仆,几乎从不在白天脱下帽子。很多年前,亨利倒插门与布里吉特结婚,搬入了大屋的门房小屋。他们一直没有孩子。布里吉特的父母也都过世了,如今便只有他俩住在那里。布里吉特的父亲曾是这里的马夫,后院和田里的事情也都由他负责,他手下还有两个帮佣。但现在,所有这些活儿都靠亨利一个人做。布里吉特的母亲在大屋里干活儿,外婆也是。布里吉特和丈夫一样,长得五大三粗,膀臂浑圆,一副吃苦耐劳的模样,厨房里的事情都由她作主。以前的大屋里有好几个仆人,专门打点家务事,现在只有吉蒂·特丽莎帮海洛薇兹·高特夫人打理寝室;每个星期,基劳兰渔村的老汉娜会过来收一次衣物、床单和桌布带回去洗,顺便还帮着刷洗大堂里的瓷砖和后廊的石砖地板。拉哈黛昔日的盛景早已不复存在。横穿领地的林荫大道在牌桌上被输给奥瑞利家那会儿,高特家就只剩下不多不少一群荷兰黑白花牛和一片牧场了。

深夜枪击事件发生后的第三天，海洛薇兹·高特读完莫里斯牧师的回信，又从头到尾读了一遍。她三十过半，依然保持苗条轻盈的身段，长长的金发总是梳得很得体，格外衬出她的容貌在矜持美丽中透出一丝庄严，和她的微笑形成鲜明的反差。不过，那天晚上她被枪声惊醒以后，笑容就没了影儿。

就算海洛薇兹·高特在日常生活中决不怯懦，但那天她也确实害怕了。她出身于军人世家，就在结婚前几年，自开战就守寡的母亲过世了，之后她几乎觉得孑然于世。生活中一旦发生剧变或悲恸，勇气便自然而然降临于她，可每当她回想起那个夜晚，想到有人打算把大屋烧毁，而她、她的孩子和女仆还在其中熟睡，勇气也并不如她预想的那么慷慨了。何况还有被毒死的几条狗，还有那个被击伤的年轻人，他们家里人至今未表态，还有染了血的路石。"我很害怕，埃弗拉德。"她终于承认了，不再隐瞒心里的感受。

上尉和他的妻子彼此很了解。对于生活方式、优先次序、轻重缓急都有共识。他们年轻时都目睹过死亡，这一点拉近了他俩的距离，使他们格外珍惜这个相亲相爱的三口之家。海洛薇兹曾以为他们还会再有几个孩子的，至今仍未放弃希望，总觉得起码还能再生一个。不过，高特先生努力说服妻子相信，即使膝下无子、拉哈黛后继无人，这也不是她的过错。当他们唯一的孩子越长越大，她也越发心怀感恩，珍视这个小家——靠深爱维系的神圣的三位一体。

"害怕？那可不像你啊，海洛薇兹。"

"这一切都是因为我在这里。因为我是英国人，却是拉哈黛的女主人。"

海洛薇兹坚持说，就是她，招来了那些人要对这栋大屋下手，可她丈夫不太认同。他说这里发生的一切不过是种固定模式，这种事在爱尔兰境内此起彼伏。这大屋本身、高特家和军方的关系、高特家占有的土地——哪怕和祖先相比已经缩小了很多——就足以诱发深夜暗袭事件。他也不得不承认，不管那些人的动机是什么，他们那种摧毁的冲动不会因他的立场而得到压制。袭击发生后，埃弗拉德·高特有时候下午睡觉，夜里看守家园；尽管守夜期间没有再发现异状，可这种保卫意识，和他妻子的忧惧却在日常家事中扎根了，滋生出更深层意义上的不安，那种神经质影响到每一个人，最后，连大屋里的孩子也觉出了异样。

※

露西八岁多，快九岁了。那年夏天，她和奥瑞利家的狗交上了朋友。那条大狗非常顽皮，是一半塞特猎犬、一半叼回猎犬的混种，大概一个多月前爬进了奥瑞利家的后院，那之前，它一直在废屋里溜达。根据亨利的猜想，奥瑞利家那些牧羊犬一定是接受它了。亨利说它是个没用的东西，露西的爸爸则说它很招人烦，尤其是它总爱爬下悬崖，不管谁在海岸边，都跟着人跑。奥瑞利家的人没有给这条狗起名字，几乎看也不看它一眼，就算它又溜达走了也不在乎。所以，亨利才那么说的。露西和爸爸去晨泳时，爸爸只要看到它在滩砾上跑来跳去，总会把它送回去。露西觉得大人都对它不好，但没说出口。她也没跟任何人讲：每当她在独自戏水——其实大人们禁止她这样做，无名犬会突然冲着海边兴奋地大声吠叫，它从来不靠近海，倒经常叼着她的一只凉鞋到处跑。那是条老狗，亨利说的，可当它伴在露西左右在海边玩耍时，简直就像退化成了一条小小狗，到最后总是玩得精疲力竭地倒在地上，长长的粉红色舌头耷拉到下巴上。有一次，她怎么也找不到被它叼走的那只凉鞋，用了整个上午到处搜寻。结果，不得不从衣橱最底下翻出一双旧鞋来穿，提心吊胆的，生怕被人发现，结果还真没有人发现。

拉哈黛的牧羊犬被集体毒死的时候，露西提议说，可以让这条狗暂时代替牧羊犬，毕竟奥瑞利家从来也没把它当自家狗，可是大家都不表态。不出一星期，亨利就着手训练两条牧羊犬小崽，那是他向基劳兰附近的一个农场主讨价还价买来的。尽管露西一向深爱父母，爱父亲一贯的悠闲和从容，爱母亲的温婉和美貌，但那年夏天露西却总和他们闹别扭，就因为他们不能和她一样宠爱奥瑞利家的无名狗。她也生亨利的气，因为他也不喜欢它。多年后再回首，要是夜里没出那些事，和无名狗有关的这一切本该是这年夏天最不起眼的小事，也必将被忘得一干二净。

露西不知道夜里的事，没人告诉她。父亲的那声枪响没能把她从睡梦中唤醒，却在梦里化为一根枝丫断裂的声响，旋即在风中消散；亨利还说，那些牧羊犬一定是去了什么有毒的田里。但是，一星期又一星期过去了，夏天渐渐变得不一样了，偷听成了她唯一的消息来源。

"会平息下来的，"她爸爸说，"现在有传闻，说要休战了。"

"麻烦事不会消停，不管休不休战。你也看得出来，这事儿肯定没完。你可以感觉得到。埃弗拉德，我们得不到保护。"

露西站在客厅里，听到她妈妈建议他们离开，或许他们别无选择。她不明白这话是什么意思，也不明白要平息的是什么事。她凑上前，离虚掩的门更近些，因为谈话声压得更低了。

"我们必须为她着想，埃弗拉德。"

"我知道。"

厨房里，布里吉特说："莫瑞尔家已经离开克莱什莫尔了。"

"我听说了。"亨利简短的话语传到了露西的耳朵里，她正在"狗道"上，那是从厨房到后门的通道。"我听说一切都还好。"

"他们都七十多岁了。"

亨利有一会儿没吭声，随后又说，总有人做这种最坏的打算，吃不准该怎么办才好，就会走上歧途，也不管会不会有灾祸。他说，戈冯内家族离开了阿格利斯，派尔家族离开了芮维勒，还有斯维夫家、波伊斯家。到处都是，你能听到的消息都是撤离。

这时候，露西听明白了。她知道无名狗就是从"被废弃的大屋"来的。她想象得出来，家具和物品被丢弃在身后，因为大人们也说到了这些。她听懂了，便从狗道跑了出去，不去管自己的脚步声会被他们听到，也不管通往后院的门被她甩得"砰"的一响，他们一听到这种动静就一定能猜到她在偷听。她跑进了树林，一路奔向小溪，就在前几天，她在那里帮着爸爸铺了几块垫脚石。他们准备离开拉哈黛，离开溪谷，离开树林，离开海滩，离开捕虾池所在的平岩，离开她睡觉的房间，离开后院里那些咯咯叫不停的母鸡，离开咕咕叫的火鸡，离开她走路去基劳兰上学时留在沙滩上的第一排脚印，离开为了预报天气而挂起来的海草。她得找个盒子，把陈列在卧室窗台上的贝壳装起来，还有她的毛毛球果、酷似匕首的树枝、光滑浑圆的打火石。不能有什么落下。

她琢磨他们到底会去哪儿，可哪里都想象不出来。这感觉真让她受不了。在溪边几码外的蕨草丛里，她独自哭了起来。"我们这就算到头啦。"她刚刚偷听到亨利这么说，而布里吉特也说是到头了。还有一次，她爸爸说，在爱尔兰，过去就是敌人。

整整一天，露西躲在溪谷丛林中属于自己的秘密领地里。她喝了喷泉的水，那是她爸爸还是小孩子的时候发现的泉。她躺在草地上，阳光刚好穿过树林照在这片地上。她去找帕迪·林顿的乡间小屋，她从没找到过那间摇摇欲坠的小屋。以前，帕迪·林顿总是像个野人一样从森林里走出来，两眼充血，头发好像一辈子没见过梳子。就是帕迪·林顿给她找了那根酷似匕首的树枝，也是他教会她怎样用圆滚滚的打火石擦出火星。他曾经告诉她，小屋的房顶已经塌了一半，但有些地方还挺好。“我就不会被雨淋坏吗？”他曾说，“老屋顶的草皮都能漏雨水，没准儿我会被雨淋死的。”雨水对他百般嘲弄、折磨，他说，好像是魔鬼出手洒下的。有一天，她爸爸说：“可怜的帕迪死了。”她又哭了。

她不再找了，和以往一样，她仍然找不到他生前住过的小屋。她越来越饿，便择路再次走入树林，走向溪流，接着，沿着通往拉哈黛的小路走出了森林。羊肠小径上，只能听到她的脚步声，还有她抬脚踢走毛毛球果的响动。虽然回家的小路几乎总在爬坡，但她还是最喜欢在林中小径上踢球果。

“你好好瞧瞧自个儿，身上划拉得到处都是！”布里吉特尖起嗓门，在厨房里责怪她，“孩子啊孩子，难道我们的麻烦事儿还不够多吗？”

“我不会离开拉哈黛。”

“哦，现在，现在得走。”

“我就不走。”

“现在你得上楼去，露西，把膝盖好好洗洗。趁他们还没看到你，快去把自己洗干净。那事儿，八字还没一撇呢。”

上了楼，吉蒂·特丽莎说一切都会好起来的：她喜欢看到事情光明的一面。露西的母亲会在恩尼瑟拉花几便士给吉蒂买几本言情小说，吉蒂经常把故事转述给露西听，不管是大灾小祸，还是阻碍重重的爱情，总会有快快乐乐的大团圆结尾。灰姑娘赶上了舞会，长得更帅的骑士赢了比剑决斗，谦虚的人终会得到大笔财富。可是这一次，光明的一面还是让吉蒂失望了。好像伪善的人被戳穿了一样，她只能一遍又一遍地说，一切都会好起来的。

※

“任何别的地方，都不属于我。”埃弗拉德·高特说完，海洛薇兹也说，事到如今她也没有别的归宿。她在拉哈黛的日子过得最幸福，可是，枪击事件一定会招来报复，他们怎么可能不来呢？

“就算他们等下去，等到动乱结束，那天晚上的事情也不会一笔勾销。”

“我会写信给那个男孩的家里人。莫里斯牧师说过，可以试试。”

“靠我的家业，我们也能过日子，你知道的。”

“让我给那家人写封信。”

她没有继续反对，后来也没有。信发出后几个星期依然杳无音信；当她的丈夫牵出小马，独自去恩尼瑟拉找到那户人家，她还是没有表示反对。那家人端茶给他，他喝了，心想这应该是有望和解的好兆头：他已经准备好，不管他们开价多少，他都愿意出钱赔偿。那家人静静听他表态，好几个光着脚的孩子进进出出奔向厨房，有个孩子偶尔拉动了风箱轮，火星平地溅起。然而，除了客套礼仪之外，并没有所谓的答复。被枪打伤的男孩坐在桌旁，以轻蔑的眼光斜睨着来访者，也不说话，胳膊被绷带吊着。末了，高特上尉尴尬万分地说道，丹尼尔·奥康奈尔掌权时还曾下榻在拉哈黛。这是一个传奇人物，是被压迫的民众深深爱戴的英雄；但是，至少在这间小小的民居里，时间已剥夺了往昔所拥有的魔力了。那三个小伙子打算下套捉兔子,却迷失了方向。他们本不应该擅入拉哈黛的地界;这一点是毫无疑问的,大家都认同这种说法。高特上尉没有提及那两罐汽油。他回到拉哈黛,继续又一夜的守卫。

"你是对的,"几天后,他终于向妻子承认了这一点,"海洛薇兹,你总是有一套正确的处事方法。"

"这一次,我恨自己是对的。"

一九一五年,埃弗拉德·高特曾下落不明,海洛薇兹苦等着,一无所知,那是她生命中最孤独的岁月,两岁大的宝宝就是她最大的慰藉。后来,来了一封电报,说她丈夫因伤退伍,她闭上双眼,怀着自私的心理松了口气。她对自己起誓,只要他俩活着,她就永远不与他分离,以此来表达她对这种不幸的感激之情。

"我在那里的时候,总感觉他们心里在想:我企图杀死他们的儿子。我说的每一个字,他们都不信。"

"埃弗拉德,我们还有彼此,我们有露西。我们可以从头再来,在别的什么地方。只要是我们选择的地方。"

妻子总能带给埃弗拉德·高特力量,她的安慰就像疗伤香膏,小小挫折引起的疲惫、痛苦总能被她一扫而空。现在的情况更严重,但他们能扛过去。如她所说,他们可以依靠她继承的遗产生活下去,尽管高特家族再难恢复失地之前的元气,他们毕竟不算贫穷。就算离开拉哈黛,到别的地方,他们的处境也不会和在拉哈黛有多少不同。他们几乎没有注意终于达成的休战协议,他们不相信。

休息室和厨房里的谈话照旧进行,不同的利益方谈着同样的话题。在二楼干活儿的女佣被听闻的一切搞得闷闷不乐,不停地问,别人也不停地回答她。拉哈黛也是吉蒂·特丽莎的家,她住在这里都快有二十年了。

“唉,夫人呀!”她喃喃自语着,脸涨得红彤彤的,手指绞在围裙褶边里扭个不停,“哎呀,夫人呀!”

对吉蒂·特丽莎来说,一切都要结束了,对亨利和布里吉特却是截然不同。按照主人的计划,他们俩可以继续住在门房里,负责看管大宅,眼下,他们有足够的牲畜能安心过活一阵子。

根据海洛薇兹的估算,“有了乳制品兑换支票,你们的日子总会比靠我们所能支付的薪水过活强一些。我们觉得这还算公道。”上尉也加了一句,时间会平息一切困扰。

她先是答应吉蒂·特丽莎帮她找到新差事,又通知了老汉娜,末了,海洛薇兹才终于告诉小女儿,他们要去英格兰了。

“去很久吗?”露西嘴上在问,心里已知道了答案。

“是的,得去很久。”

“永远吗?”

“我们不想是永远。”

可是露西知道,就是永远。莫瑞尔家和戈冯内家就是永远离开这里了。亨利说过,波伊斯家北上了,他们家的大宅子已经开始拍卖了。她本想从他的口气里揣测拍卖是怎么回事儿,而亨利到底还是告诉她了。

“我很抱歉,”她爸爸说,“露西,我真的很抱歉。”

这是她母亲的错,但也是父亲的错。老汉娜可怜地闭口不言;吉蒂·特丽莎哭红了双眼,眼泪流下面颊和脖子,把围裙都浸湿了,搞得布里吉特一天二十遍地劝她说放手走吧,这些都怪他们不好。还有亨利,在院落里没精打采地晃来晃去。

一天早晨，露西穿着红色小裙子，听见爸爸在休息室里假装喊起来：“哎呀，这么时髦的盘子是谁的啊！”

妈妈站在餐具柜旁，把茶沏好，再把杯子和杯托都摆放在桌子上，说道：“宝贝儿，开心点儿。”她把头扭到一边去。“开心点嘛。”她妈妈再次恳求。

亨利打窗边经过，马车后的板车上搁着搅奶器，他看起来一点儿也不开心。露西听着沉重的马蹄声完全消失在林荫道的尽头。那得需要两分钟：有一次她爸爸在早餐时用他的怀表计算过。

“想想穷铁匠那可怜的孩子吧，”她妈妈说，“头顶上都没有一片屋瓦。”

“你总会有一个完好的家，露西，”她爸爸作出承诺，“我们都必须习惯新事物。我们不得不呀，我的小淑女。”

她一直很喜欢他叫她淑女，但那天早上她不喜欢。她不明白为什么人必须习惯新事物。当他们问她饿不饿时，虽然她很饿，却回答说不饿。

随后，海滩上涨潮了，冲走了沙面上海鸥留下的足迹，也冲走了沙虫做的小沙堆。她把海草的茎干扔给奥瑞利家的狗，猜测到底还剩下多少日子。没有人提过这事儿，她也没有问。

“你现在得回家去了。”她伸手指着悬崖，拿出她爸爸在她不听话时的口气，对狗下命令。

她一个人走着，走过酷似指向大海的手指的细长礁石，越过踏脚石那儿的小溪。当她顺着上坡路走入峡谷中的森林时，海浪声和海鸥突兀短促的叫声就都听不到了。参天大树黑压压的，细长的阳光穿透密密的枝叶泄露下来。“这古老的山谷啊，我连一半都没见识够呢。”帕迪·林顿曾对她说过。每一年，他都在木屋旁亲手开辟的空地上栽种土豆，可是那天早上，她没心思再去寻找那个地方。

“谁陪我去恩尼瑟拉?”那天下午，她爸爸发出了邀请，她当然回答愿意同行。他跳上轻便马车，身子微微后仰，坐在弧形的马鞍里，手指松松地牵着缰绳。他说，自己第一次去恩尼瑟拉是在五岁时，被带去割除舌下系带。

“舌下系带是什么?”

“舌头底下的一种小筋肉。要是长得太紧了，你就得结舌了。”

“结舌又是什么?”

“就是说话含含糊糊的。”

“你小时候说不清话吗?”

“大人们说我口齿不清。那手术一点儿也不疼。手术完了还给了我一套玻璃弹子。”

“我觉得那肯定会疼的。”

“你可不用做那种手术。”

那些玻璃弹子都装在扁扁的木盒里，盒盖可以滑进滑出。盒子还在，就搁在休息室的弹子游戏旁边。每次大人们玩起弹子，她就不得不找个高脚凳，但她知道那些玻璃弹子就是爸爸小时候得的，因为有一次他亲口说过。他忘了自己说过了。他经常忘掉一些事。

“基劳兰村里有个渔夫不能说话，一句话也不能说。”她说。

“我知道。”

“他用手说话。”

“是的，他用手。”

“你见过他比划的。别的渔夫能懂他在说什么。”

“是啊，是有这事儿！现在，你愿意牵会儿缰绳吗？”

到了恩尼瑟拉，她爸爸在多姆维尔商店里买了新箱子，因为他们家里的行李箱不够用了。有个店员从办公室里走出来，说他很难过，还说他觉得此事难以置信。他想都没想过会在有生之年看到这一天。“请求上帝啊，上尉，你会回来的。”

她爸爸不停点头，先是一言不发，再伸出手来，称呼店员为博斯韦尔先生。新箱子几乎塞不进马车里，不过他们好歹是办妥了。“好了。”她爸爸说着，并没有上马车，而是牵着她的手往前走，牵手的感觉有点怪，让她不禁猜想他们要去哪里。

他可以不让铃铛响就推开艾伦店的门。先推开一条缝，伸手挡住门框上的铃铛，这样他们就能把门开大，走进去。他径直走向柜台，从货架上捧下大玻璃盅，微微倾斜着把糖果倒进称重勺里。又把那些糖果倒入一只白色纸袋，把纸袋放到天平上又称了一遍，随后再把玻璃瓶塞塞回盅口。甘草太妃糖，奶油杏仁糖，这是他和她都喜欢的糖果。太妃糖的银色包装纸上还写着“纯柠檬香甜味”。

他称糖果的时候她想笑来着，要是搁在平常她肯定咯咯笑，可那天她没有，因为一笑就会搅了局。他拉开店门，门铃响了。“四个半便士。”他看到梳着大辫子的姑娘从后头走出来，说道。那姑娘则说：“您可真是吓死人了！”

马车在街上走时，他总是亲手拉缰绳。拉得紧紧的，坐得笔直，左一下右一下地拽着，今天他却第二次松着缰绳，腾空一只手，朝这个那个过客招手示意。等他们驶过所有商店，她问他：“觉世柯尔郡在哪里？”

“觉世柯尔郡？”

“觉世柯尔郡，博得里克郡。”

“郡的缩写在这里指的是另一个词：公司[1]，有时候也会加上全称：有限责任公司。”

“在学校里我们就用这个缩写说郡。科克郡，沃特福德郡。”

“只是缩写相同罢了。把词儿缩短，他们在地图或店招牌上写起来就不会太费事了。”

“缩写相同挺好玩儿的。”

“你现在想牵会儿缰绳吗？”

马车里有股皮革味儿，可是，当他们把崭新的大皮箱搬到屋子里打开后，皮革味道简直是扑鼻而来。已经有一大半的东西被装箱打包了，箱盖合起来后都用皮带扎紧，全都直立放着。为了封窗，亨利把窗门尺寸都量过了。

“有谁从没坐过火车呀？”她爸爸好像把她当作三四岁的小娃娃来问。他以前总是自己坐火车去学校，一年得坐三回。他当年的旅行箱和手提箱都保存着，黑色的名字缩写留在箱面上。她要他讲点儿学校的事情，他说以后再讲，上了火车再讲。现在大家都很忙，他说。

“我不想走。”她在卧房里找到了妈妈。

“我和你爸爸也不想走。”

“那我们为什么要走？”

“有时候，我们必须做些不想做的事儿。”

“爸爸不是存心要把那些人杀死的呀。”

---

① 郡(County)和公司(Company)的缩写都是 Co. 所以露西把商店招牌误解为“觉世柯尔郡和博得里克郡”。

“这是亨利跟你说的?”

“不是亨利说的。也不是布里吉特。”

“露西,你生起气来就不好看了。”

“我不想好看。我不想和你们一起走。”

“露西——”

“我不走。”

她从卧房里跑出去,一路跑向自己心爱的小树林。他们奔出来找她,在树林间大声呼喊她的名字,可等他们找到她,在带她回家的路上,她说的每一句话他们都不听。他们不想听,他们不想听到她的话。

“想不想跟我去乳品厂呀?”第二天亨利问她,她寂寞地摇摇头。“我们到外面喝茶吧?”她妈妈也笑吟吟地问她。桌布摊到了草地上,上面放满了她最爱的柠檬蛋糕。她爸爸说猫咪叼走了她的舌头。她打心眼里希望自己没有跟他去恩尼瑟拉,也没有问过他舌头下的小筋肉是什么,还有招牌上的缩写。他们每时每刻都在装样子。

“瞧啊,”她爸爸说,“老鹰。”

她抬头去瞧,尽管她不是有意要这么听话。那只山鹰在天空中只有一小点,盘旋着飞来飞去。她看着看着,听到她爸爸说,别哭。

※

卧房里再也听不到吉蒂·特丽莎的掩泣了,因为她已经走了,一时找不到合适她的职位,她只能回老家杜伽万去了。等他们回来的那天,她一定也回来,她走前保证过。不管她身在何处都会赶回来。

“他们租好一处房子了。”布里吉特在厨房里说,亨利从墙上的架子上取下一叠印有地址的纸。一开始他没吭气,过了一会儿才说,租就租了吧。“要我说,他们只有决定定居下来,才会买房子。”

亨利在院子里锯木板,那是为封窗预备的。露西瞧着他,坐在抵着院落东墙的梨树根上。她开始在放学回家的路上独自戏水,外衣挂在书包后面,快快冲向大海,又快快跑回海滩,再马马虎虎地把自己擦干。亨利知道她这么干。她不知道他是怎么知道的。像她现在这样懒懒散散地坐着,他大概就能估摸出她去了哪儿。她不在乎。就算他跑去告发她,她也不会在乎。他不太可能去说她的坏话,但也不一定。

在海崖上,她能听到基劳兰村的祈祷钟声悠扬飘荡。有时候你能听见,有时候听不见。刚才她在海滩上脱衣服时,钟声萦绕着追来。当她跑进海水里往外游,钟声就听不见了。那总是最美妙的片刻——慢慢地在浪花间行走,冰凉的海水泛起,刺激着她的皮肤,回头浪拖曳着脚掌。她张开双臂朝更深的地方游去,随着浪头飘浮起来。

游进海水前,海滩上空无一人。游回来时,她不用仔细看就知道沙滩上动来动去的身影是奥瑞利家的狗,它在追自己的影子。它经常这么玩耍;当她看着它时,它会静静站一会儿,凝视着她所在的方位,然后又自顾自玩起来。

她仰卧着浮在海面上。如果她要逃跑,会走帕迪・林顿说过的那条小路。“沿着高木林区陡峭的那边走,走上一会儿你就能看到一条小路。”

她再次朝岸边游去,海水变浅了,她踩着余波走上海滩。狗在岩石边上嗅来嗅去,她就知道自己的衣服被它偷走了,不管叼走的是什么,肯定都被埋在小石块和海草下面了。她把能够翻找出来的衣服都穿上,但在粗杂纠结的海草丛和小石堆里怎么找都找不到夏天穿的那件小背心。

无名犬因失宠而沮丧，畏首畏尾地攀上通往悬崖的路，等着该来的惩罚。毛发杂乱的脑袋抵在露西的腿旁，等着被抚摩、轻拍或是拥抱。她下了命令："现在得回家去。"又用了生硬的口吻，仿佛面对不听话的小孩而希望有所改进。

回到卧室，她把叠好的衣服放回原处，除了那件找不到的小背心。帕迪·林顿说过，每次要去看杜伽万的列队仪式或是周日爱尔兰球戏，他从来不走别的路。只要运气来了，就会有辆车从那条路上经过，他就会高喊着让它停下来。

※

"这是专门给你的。"她爸爸说。

他又去了一次多姆维尔店，特意给她买回来的。和别的箱子不一样，这只是蓝色的，而且更小，因为她就是个小孩子。他说，虽然是蓝色的，但这仍然是地道的皮箱，还给她看了专配箱锁的几把小钥匙。"我们千万不能弄丢钥匙。"他说，"我能保留一把吗？"

她笑不出来，也不想哭。他说，她的所有物品：打火石、匕首树枝和所有宝贝玩意儿都能装进去。

"找一天，我们要在箱盖上写上 L. G[①]。"

"谢谢，爸爸。"她说。

"去吧，把你的东西收在里面。"

可是放在她卧房窗座上的蓝箱子还是空着，箱盖锁着，专配钥匙依然系在把手上。

---

① 露西的名字 Lucy Gault 的缩写。

※

“我明白。”布里吉特说。他们正在向她解释，大概要等上一阵子才能把剩下的物品寄出去。高特夫妇还吩咐她和亨利要时不时进大宅里走动走动，要知道，屋子一旦没人住，这儿那儿就会出毛病。这些话，露西全都听见了。

覆盖家具的白布早已在门厅里准备好了。楼上的一大堆衣服是他们不想带走的，整理出来，可以拿去当杂物拍卖，其中也有些露西的衣服。现在看来，一切都是板上钉钉了。

“啊呀，宝贝儿，你可千万别。”她妈妈正站在她卧房外的走廊里，但露西头都没抬，只管把脸使劲埋在枕头里。接着，她妈妈走了进来，伸开双臂搂住她。她擦去露西的眼泪，可手帕上本来就已泪迹斑斑了，几乎一向如此。她妈妈安慰着她，一切都会好起来的，她保证。

“我们得去向艾沃德先生道别。”后来，她爸爸又在苹果园里找到了她。

她摇摇头，可他还是拉着她的小手，两人一起走出苹果树林，径直向基劳兰村的海滩而去。奥瑞利家的狗在悬崖顶上俯视着他们，显然很识相地知道，因为她爸爸在场，所以最好还是别贸然跟从。

“我就不能跟亨利和布里吉特留在这里吗？”她问。

“哦，不行，这可不行。”她爸爸答道。

渔夫们正在抛撒渔网。他们纷纷挥手示意，他也向他们挥挥手。他说了点儿天气，某个渔夫就答说最近都很不错。露西东张西望，想找到那个用手指说话的渔夫，可他不在。她问她爸爸，他说他可能还在海上呢。

“我跟亨利和布里吉特在一起会很好的。”她说。

“哎呀，不行啊，宝贝儿，这可使不得。”

她抬手牵住他的手，扭过头去，这样他就不会知道她正在使劲忍着泪水。他们走到了学校教室旁，他把她举得高高的，让她透过窗户看进去。教室里非常整洁，因为假期还没结束，就像艾沃德先生要求的那样，一切都必须按部就班地留在教室里，四张空荡荡的桌子下面紧凑地塞着长椅，墙上的图画板都收起来了。巴约拿人发明了刺刀。[①]苹果汁就是苹果榨的汁。[②]黑板上一片空白，粉笔盒旁边紧挨着叠好的黑板擦布。闪闪发亮的地图上有河流山川，有英格兰和爱尔兰的地名，都被卷成一筒筒，收在书架上。

“我们需要一些时间。”到了艾沃德先生家，她爸爸这样说，侧了侧脑袋指向她的方位。她就知道当他说“我们”时，并不是真的在说一家三口。

“唉，是啊。”艾沃德先生说，“当然如此。”

“实不相瞒，我伤心极了。”她爸爸又说。

他还问艾沃德先生，当他凭窗远眺，看到黑漆漆的人影站在不远处，明知道什么地方可能摆放着汽油罐，也很清楚就是那些人毒死了自家的狗，可是他又能怎么办呢？他说自己紧张万分，在黑夜中开了枪。难怪他没能一辈子当军人。

“谁家的男人不会这样做呢？”艾沃德先生说。

亨利说过，以前拉哈黛就有条牧羊犬去过被下毒的田；就算那样，

---

① 刺刀（Bayonet）与法国地名巴约拿同音同形，据说刺刀最初就是在巴约拿出现的。

② 此处是指教小学生词汇，讲授苹果汁（cider）和苹果（apple）之间的关系。

它也没有死。亨利只想让一切都顺顺当当,就算假装也好。

“孩子,你要继续学习诗歌啊,”艾沃德先生说,“上尉,她的诗歌学得相当不错呢。”

“她是个好孩子。”

艾沃德先生和她亲吻道别。她爸爸把艾沃德先生倒给他的杯中物一饮而尽。两人握手时,艾沃德先生说,也许只能这么办了。接着,他俩走了。

“他们为什么要带着汽油?”她问。

“等你长大了,我会告诉你的。”

他们又从渔夫们身旁走过,他们正忙着修补摊开的渔网。就是在这里,妇人们曾呆呆站立,凝望大海,可是玛丽·奈尔号没能回来。就在她上学必经的这条路上,女人们等候着,到她放学回家时仍然在等,紧紧裹着的黑色披肩几乎完全遮住了她们的脸。那时候,摧毁玛丽·奈尔号的风暴已经停歇,太阳钻出云层。她们也曾跟着艾沃德先生祈祷:“求主恩赐他们大难不死,躲过艰难险阻。”可是同一天里,还能听到妇人们在悲恸哭丧。没有一个渔民回来,没有一个人获救,因为巴利考登[1]派出的救生艇被惊涛骇浪给逼了回来。也没有溺毙的尸体随着被浪头拍碎的船板、丝丝缕缕的帆布碎条、裂成木片的桅杆冲回海岸。亨利说:“自古到今,在人们记忆里,那片大海从来不会把人送回来。”数英里之外,鲨鱼一闻到失事的气味就蜂拥而至。

露西跟着爸爸走过渔夫聚集的海滩时,曾经响彻半数木屋的哭喊和哀嚎仿佛又回到她的耳畔,那已被遗忘的、灾难时节的余声又回响在

---

① 巴利考登(Ballycotton),地名,爱尔兰海湾港口。

同样悲惨的当下。时而出现在拉哈黛的欢乐并不真切,假如他们不再强装欢颜,这快乐也就不再。

“我不想离开拉哈黛。”她站在海滨说。

“我们谁也不想,小淑女。”

他蹲下身,把她抱起来。她很小的时候他才这样托着她,让她眺望平静的大海,搜寻用手指说话的渔夫,但他俩都没有看到一条渔船。他这才把她放下来,拣起一块小石头在沙滩上写字:露西·高特。“瞧啊,多可爱的名字。”

他俩选了一条好走的路,爬上高高的海崖,到了奥瑞利家的萝卜地旁边的那片田,去年这里还种着大麦呢。不管奥瑞利先生在那块地里撒什么种子,他都会朝她挥手示意。

“为什么我们必须要走呢?”她哭喊起来。

“因为他们不想让我们留在这里。”她爸爸说。

※

海洛薇兹写信给她在英格兰的银行,解释了即将发生的情况,并向他们咨询如何处置她名下的资产,所有资产分散在里约维德铁路公司各个业务领域。海洛薇兹的家族历代都和这家显赫的大公司有资产关系,但在目前情况下——至少她的遗产将在一段时间内确保她自己、丈夫和孩子的生活无恙——她试探性地咨询银行不失为权宜之计,银行的回复也证实了她的英明先见。里约维德铁路公司稳步顺畅地发展了近八十年后,终于显露出一丝疲态,可能意味着即将到来的经济低潮期;银行建议海洛薇兹考虑转让全部或是大部分过去供养他们全家多年的资产。

在恩尼瑟拉，上尉本人也从多年挚友及法律顾问阿洛伊修斯·沙利文那里得到了类似的建议。沙利文先生在财务方面见多识广，不亚于其在法律专业上的建树。他赞同银行的建议：凭借其资深的交易经验和积累多年的资金，里约维德铁路公司决不至于在一夜之间倒闭，但即便如此，多元投资总是好的。

“我们走之前就没必要考虑这个了。”高特上尉回到拉哈黛说。法律顾问又与银行不谋而合地建议：这种事儿急不得，可不能匆忙下决定。

随后，他们讲起到英格兰之后会如何，就像他们做别的事情一样，一旦发现自己又将陷入离别愁思，便岔开话题，只图能分分心。他们的生活将变得多么不同呀！每个人都这样想，可谁也没这么说。

※

冷藏室旁那排长长的洗碗槽里，草编鱼篮挂成一溜儿。篮兜扁平，装不了多少，所以露西拿了两只，每次只拿一只，并且不是同一天里拿的。她从碗柜里拿面包，第一次拿了白面包的硬端，接着又揪了几块麦褐色硬面包头，还有苏打，反正都是些不被别人注意的小零碎。她用厨房抽屉里的购物包装纸把这些食物包起来。第一只篮筐装满了，接着装第二只，纸包里有了几个苹果、一些青葱，还有她趁没人注意时从休息室餐桌上自己的餐盘里留取的食物。她把这些小篮筐摆放在院子里没人去的小棚屋里，藏在散了架的破手推车后面。

她在楼上廊道的杂物堆里定下一处，用她妈妈那件旧的黑上衣把一条小裙子、一件套头罩衫包好，埋下去，她知道，到了晚上会很凉。廊道里四下寂静，只有她发出窸窸窣窣的声响，在她带着衣物走向藏匿点时，没在屋后楼梯上遇到谁，也没在狗道上遇到什么人。

※

临走前一天的下午，高特上尉查阅自己的一堆文件，觉得那是应该做完的一档事。不过，这任务实在乏味，他便把它们放在一边，转而去把来复枪拆开，就是那天晚上开火的那一支。他意味深长地擦拭着每一个部分，好像期待着日后再次端起它射击，其实他并不打算带着枪上路。

"一切都会回到正轨的。"他不止一遍地如此喃喃自语，在对自己的保证中获得信心。离开这里，到达那里，家具早晚都会到位，再次围绕他们成为一个家。时间和新环境自会安排好他们的生活，就像从军打仗时，那么多人的生活都能安排得井井有条。

他又回到文件堆前，告诫自己要尽全力投入这项工作。

※

海洛薇兹检查了行李箱外捆扎好的皮带，再把亲手写好的标签一一贴上。随后，她把樟脑丸一一放进抽屉和橱柜，放在袖管和口袋里，与此同时，她默默思忖着自己是否还有机会再见到这留下的一切。

正是一天里最无所事事的空闲时分。不管之前曾有怎样的兴奋过往，也不管这一天显得和以往所有日子都截然不同，这栋房子终究是归于了静谧。没有晚餐前几小时里不绝于耳的锅碗瓢盆聒噪声，休息室里没有音乐从留声机中传出，也没有谁在喋喋不休地交谈。亨利把打包好的行李箱、手提箱一一搬下楼，没有流露出因此而滋生的懊恼丧气。布里吉特在厨房大桌上铺开熨烫用的垫毯，准备熨好上尉旅途中所需的衬衫衣领。火炉上,熨斗刚刚开始发红。

※

露西走过厨房大敞的门,布里吉特没有抬头看。亨利不在院子里。只有果园里有点吵闹,几只白嘴鸦聚在苹果枝头,因她的出现骚动了一番。

她朝陡峭的那面山走去,正如帕迪·林顿所建议的,还要避开贯穿峡谷的那条捷径,以免撞上外出干活儿的亨利。她不知道走到杜伽万要用多久,帕迪·林顿从没确切地提到过时间。就算走到杜伽万,她也不知道到哪里去找吉蒂·特丽莎的家,但不管她搭上谁的车,别人总该知道的。吉蒂·特丽莎保证会说她必须立刻把她送回去,但那也没关系,因为到时候事情就会变得不一样了:就在露西考虑逃跑的这段时间里,她已能确定这一点。一旦他们发现她不在家,就会明白发生了什么事情,一切就会变样。等吉蒂·特丽莎把她带回去,她妈妈就会说:"我也是,心都快碎了呀。你爸爸更伤心,伤心极了。"他们一定会说其实一直都很清楚,他们离不开这里。

她走过一块覆盖着青苔的大石头,以前走到这里时也见过的,她记得,接着是一棵躺倒的树,这倒是从没有印象的,从断裂的地方生出尖锐的木刺,要是在黑夜里走路,这种东西很可能碰伤人。现在还没天黑,只是有点暗,在古树参天的树林里总是这样的。但是,顶多一个小时左右天就会黑下来,她必须在天黑以前走到大路,哪怕天亮以前很难有车经过此地。她加快了步伐,甚至有一回还踩进了一个地洞,绊了个趔趄,向前扑倒。疼痛从脚踝蔓延开来,一走就疼,她都站不起来了。

※

“露西!”高特上尉在院子里高声喊着,“露西!”

没有人应声,走到亨利所在的乳品作坊往最里头喊,也没有人回答。

“要是你看到露西,就告诉她,我要去和渔夫道别了,就是上次我们错过的那个渔夫。”他在林荫大道上、小路上都这么说,到海滩边又说,“告诉她,我还指望着有个伴儿呢。”

他在大宅前再次呼喊她的名字,然后独自离去。

※

“她刚刚还在这儿,”布里吉特说,“我看见她了。”

这事儿不算不寻常;露西总是不在。海洛薇兹在楼梯上遇到布里吉特时,得知露西不在也没有紧张。布里吉特估摸着说,有可能她跑去和奥瑞利家的老狗说再见了吧。

“你一直是我的左膀右臂,布里吉特。”在那个安静的、烦恼尚未来临的时刻,海洛薇兹停顿片刻,“这么多年来,你一直是我的好帮手啊。”接着她又回到卧室里的那些箱子前。

“夫人,我真希望你们不要走。我指望着事情会有转机。”

“我知道,知道的。”

※

走在林荫大道上的高特上尉心想,要有怎样的情况,才能让他再次走在这浓密的树影、遮天蔽日的树冠下。左右两边都是草地,没怎么打理，有着夏日里普普通通的长势，到处都有黄色的蒲公英，长在树影里的毛地黄则蔫蔫的。走到大门口的看房小屋时，他停下脚步，等大宅被他们抛诸身后，这里的生活还将继续。现在，结局已经迎面而来，他在这个傍晚开始怀疑：自己真会带全家人回拉哈黛生活吗？这些日子以来，他在内心里一再否认对未来的这种预见，虽是凭空而来、毫无道理，却令人厌恶地一而再、再而三地浮上心头。

走出大门，在暗淡的土路上向左转，金银花的浆果味道已经淡了，九月灯笼海棠垂在篱笆上。他们不会长久地仰仗海洛薇兹的遗产生活的。他隐约能看到自己坐在海运公司的办公室里，尽管他对这类地方进行的工作几乎一无所知。没关系，任何体面的工作都可以。他们可以时不时回来一趟，看看一切是否安好，和这里保持联系。前一天晚上，海洛薇兹也说："不会永远这样的。"她幻想着有朝一日回到这里，再次推开窗扉，掀开家具上的防尘布，再点燃炉火，撒下花种。他也说不会永远如此，当然不会。

到了基劳兰，他和聋哑渔夫交谈了一会儿。他小时候就学会了这个技巧：打手势，用唇语一字一词地说。他们互道再见。"不会太久的。"他抛下这句无声的承诺，明知这是自欺欺人。他在海石竹丛生的礁石前站立片刻。海面上光芒点点，将夕阳最后的霞光映照成丝丝缕缕。海波轻柔地推来，连浪花都稀疏难见。宽阔的大海上没有一丝多余的动静。

他该不该把离别时分感受到的预见讲给海洛薇兹和孩子听呢？他该不该再去恩尼瑟拉那户人家一趟，多恳求一会儿呢？只要能平息他失手犯下的过错，他是不是应该向他们补偿更多，同时承认是他反应过火，而不是闯入者呢？沿着滩砾上的礁石，他慢吞吞地在沙子上走着，不知道答案。他继续徘徊着，凝望着空洞的大海，不知道答案。在最后这个夜晚，他或许已在内心承认自己一不小心背叛了过往，更揪心的是，也背叛了妻女。他是和这片土地、这些邻人最亲密的人，也恰恰是对祖传故土、宅院、果园、花圃、海与岸的爱滋生了那种悲观的预感。他审忖心中复杂的情愫，可没什么能指引他，只有困惑和矛盾。

他转身向海崖走去，再次走在嘎吱作响的碎石滩上。大屋掩映在树影中，过了一会儿才显露出来。一束灯光从楼上的窗户里漫射而出。他在碎石间踩到了什么东西。他蹲下身，把它捡了起来。

※

"露西!"海洛薇兹喊了一声，亨利说她可能跟着她爸爸。他没看见她，也就没有把她爸爸的口信捎给她，不过她最近显得挺反常，指不定藏在院子的哪个角落里，因而也可能亲耳听到了她爸爸说的话。她已经三天没和亨利说过话了，和布里吉特也没有。接连好些天都这样，所以她没有进屋喝茶也不会让大人们奇怪。

海洛薇兹听到他在后院棚屋大声呼喊她的名字。"露西!"她自己也到苹果园里、牲畜棚附近去喊，那是从奥瑞利家回来的必经之路。白色栏杆从大宅门前的环形车道延伸到田里、棚里，她沿着这条长栏杆横穿过大门，又穿过砂砾地，前面就是长着绣球花的草地。

是她最早把那块草坪称为"绣球花草地"的，如同她最早发现拉哈黛庄园曾经被唤作"长牧场"、"三叶草丘"、"约翰琼家的"，还有"小溪牧园"。她一直希望能听到这些昵称再被人们念叨起来，可每当她如此提议，别人都懒得搭理。绣球花正开得旺盛，静谧的蓝色花影在渐渐暗沉的天光下依然醒目，一串一串连缀成半圆形，靠着一堵灰石墙。她总觉得这些绣球花是拉哈黛所有景致中最可爱的。

“露西！”她的呼喊声穿过树丛。她静静地站在那里，在寂静中倾听。她再往前走一点，进了树林，在通往小溪和垫脚石的小径上走了大约二十分钟。“露西！”她喊着，“露西！”

返回大宅后，她打开一些不再使用的房间，又爬上阁楼，一路呼喊着女儿的名字。然后又下楼，站在敞开的客厅大门旁，不一会儿就听见她丈夫回来了。她知道他一定是独自一人，因为没有说话声传来。她听到前面自己走过的大门又吱吱呀呀地响起来，那是他开门再关门的声音，紧接着，门闩滑动，再落定。

“露西和你在一起吗？”她提高嗓门问道。

沙砾地上，他的脚步声停住了。他几乎只是一道影子。

“露西？”她再问。

“露西不在这儿吗？”

他还站在那里。有什么白晃晃的东西在他的手里，一道灯光从敞开的客厅里漫射到那上面。

2

“圣母啊！”布里吉特嗫嚅着，脸色变得惨白。

“我跟你说了。”亨利慢慢地点着头。他说，他们下到了海岸。上尉穿过牧场田地走上来，之后他俩又一起折回了海滩。

“他找到了她的衣服。已经退潮了，他从基劳兰走回来的。就说了这些。”

不可能是真的，布里吉特喃喃自语。不可能像他说的那样。“圣母啊，不能啊！”

“海潮卷走了一切。除非被石头卡住。他手里有衣服呢。”亨利停了停，“有那么一会儿，我想过那是因为她自个儿去海里洗澡了。要是我看到她是去那儿，我肯定说了。”

“她会不会被困在礁石上了？这些日子她一直没精打采的。会不会在她捡小虾的地方，就待在那些石头上了？”

亨利什么也没说，接着，布里吉特摇了摇头。为什么一个孩子会脱下衣服，搁在海滩上呢？除了下海洗身子还能为什么？在他们离开这里以前，最后一次下海戏水呢？

“我也想过这事儿的。”她说，“有几回，她的头发湿漉漉的。”

“我要下去，得给他们送盏灯。”

只剩下布里吉特一人，她开始祈祷。十指紧扣时，她感到双手冰凉。她大声地祷告，拼命忍住眼泪。几分钟后，她追上丈夫，穿过院子和苹果园，穿过放牧的草场，朝下面的海滩走去。

※

他们怔怔地望穿黑夜，望向空荡荡的海面。没有人交谈，只是彼此紧挨着站立，好像害怕独处。海浪轻拍着，柔和极了，大海涌动向前，一波推后，新一波推得更前。

“夫人，夫人啊！”布里吉特的呼喊声显得刺耳，人还没到沙滩，踏在石块间的脚步声已显嘈杂。刚才她想到了那件事，现在她哭着，口齿含糊不清，在亨利手中提灯摇晃的灯光下，面孔扭曲得好像变了一个人。

高特上尉夫妇不知所措地转过身。还可能有希望吗？在这种焦虑中，哪怕一丝一毫的生机也好，哪怕绝无生还的先例。有一刻，他们俩深陷惶惑，只想着这些问题。

“夫人，我不是说她透露过什么。只是亨利和我想到了这事儿。我们真该早点对你们说，先生。”

“说什么，布里吉特？”上尉的口气里透着一丝疲倦的礼貌，还有等待细枝末节的杂事时的耐心，任何期待已经化为泡影。

“以前我只留意到，她回来时头发有点湿。”

“洗澡回来？”

“要是我们肯定她下海了，我们一定会说的。”

高特上尉沉默了片刻，说：“布里吉特，这不怪你。谁也想不到的。”

“先生，她穿的是贴身衬裙呀。”

“不是她的裙子。”海洛薇兹说，找到的是她夏天穿的汗背心。随后他们又陷入了沉默，并朝捡到背心的地方走去。

“我们对她说谎了。”走到那地方前，上尉说了一句。

海洛薇兹没明白。接着她想起对露西的保证和半心半意的许诺，也想起自己明知道许诺可能无法兑现。不听话就是一个孩子的反抗，欺骗就是他们自己交给她的钱币。

“她知道我总喜欢和她一起泡海水浴。”上尉说。

上尉捡来的碎裂浮木还在那里，惨白的、光溜溜的木片在暗夜里刚好能看见。亨利把提灯凑过去看别的东西，但什么也没有。

迷惑了高特上尉夫妇和仆人的假象仿佛能在周遭事端的延续中汲取力量，既没有人质疑，也没有人反驳。整栋大屋都找了一遍，接着是院子里大大小小的棚屋、花园苗圃和果园。虽然没有线索表明失踪的孩子这么晚可能在树林里，大家还是到树林里呼唤她的名字；奥瑞利家的厨房也去过了。大海还是照旧如常。看起来，这一切只能昭示希望在被嘲讽，事实摆在眼前，近乎坚持不懈地强调着，美好意愿行不通。

“亨利，你能不能去一下基劳兰？我们要一条船出海。”

“我这就去，先生。”

“把灯留下来给她们俩。”

两个男人出发了。几个小时后，在阻断石滩和长长海岸线的那些外凸礁石旁，留下的两个女人在虾池里找到了一只小凉鞋。

※

黎明时分,基劳兰的渔民们出海打渔归来,听说了这桩不幸的事。他们说,整个晚上他们都没能从捕获的猎物中找到什么,不过,长久以来作为渔民谈资的迷信说法再次悄悄传播开来。以悲剧为生的鲨鱼群只会留下些许船舶残骸。渔民们也为一个活泼的孩子就这么死了而感到痛心。

※

当海滩上的礁石表面散布着浪花和聚集的帽贝,遮蔽了下面的一切,时间也将表象变成了事实。日子一天天过去,几星期过去了,时间并没有搅动假设的表面。夏季美丽的天气继续着,既无征兆、也无暗示他们的信心已被错置。在礁石缝里找到的那只凉鞋变成了溺水而亡的证物;正如基劳兰码头上响起的哭丧声一如传统地标志着大海带来的悲痛,拉哈黛则用沉默来表示。

高特上尉再也不在楼上窗旁守夜,而是孤零零地站在悬崖上,盯着又黑又静的大海,咒骂自己,咒骂最初在此兴建大屋、家业繁盛的祖先。有时候,奥瑞利家的无名狗鼓足勇气,来到他身边,低低垂下脑袋,好像感受到了那种忧郁,深表同情。上尉没有赶它走。

在这里,在大屋,所有的回忆都是哀痛,一切企图安慰的念头都太空洞。以前没有时间在蓝色手提箱上刻上露西名字的首字母,可现在怎么还会没时间呢?现在的时间已被无限延长,夜晚过得格外漫长、缓慢,仿佛背负着一个世纪的重量。

“哦,我最亲爱的!”高特上尉喃喃轻语,望着又一个黎明的到来,

"哦,我最亲爱的,原谅我吧。"

※

对海洛薇兹来说,折磨有一番变异。从往昔撕扯而出,活生生地在她刺痛的伤口上扩散,她只觉得多年来的幸福婚姻像是自私自利。在这栋大宅的所有房间里,她曾身为新娘到来,曾有那么多难忘的、仅属于她的回忆——伴随着留声机里飘扬的音乐、埃弗拉德的双臂轻轻拥着她翩翩起舞;靠着炉火阅读时,客厅座钟的秒针老态龙钟般的拖沓;高高靠背的沙发椅优雅挺立,壁炉里圆木烧得噼啪作响。尽管留有遗憾,但他好歹是平安地从战场上回来了。他们生下的女孩渐渐长大;拉哈黛是家,也是一种生活方式。可是,如果埃弗拉德娶了别人,这一系列事件导致的不可饶恕的结局也就不会发生;事情总是这样的。

"不,不是的,"他斩钉截铁地说,归咎于别的原因,"但凡他们再回来,我一定把他们都击毙。"

对他们两人而言,被毒死的牧羊犬又直挺挺地躺在院落里,冰凉的尸体倒在鹅卵石地上。亨利又铲来海边的沙砾石,铺在沾染了血迹的鹅卵石上。

"我们不能再解释下去了。"海洛薇兹轻声说,可她的负罪感丝毫没有减轻:对她们的孩子,她解释得还远远不够。

※

"我倒是想知道,他们还走不走?"搬家的准备停止后,布里吉特琢磨起来,"我怀疑最近发生的事儿让他们挺别扭的。"

"事情不都定了吗? 不管怎样都一样。"

“以前定下的事儿，如今情形都变了。”

“你是不是要说吉蒂·特丽莎会再回来？还有汉娜也跟着回来？”

“我不知道的事儿我可没说。不过事情会发展到什么地步，我都不会吃惊。”

布里吉特始终坚信，等国家回归平静时，对这片家园的挚爱会把高特上尉夫妇带回来，那起伤人事件也会有解决办法。她满怀希望地猜测着未来，当她发现牧场的牲畜都没出售时，尤其觉得意义重大。

“要我说，他们会走的。”亨利说，“我敢说，他们现在真的想走了。”

※

在当时的条件允许下，后事尽可能地办得庄重、规整。高特上尉把讣告念得丝毫不带感情，可是，专程到访拉哈黛的户籍管理员却深受感动。

“为什么我们还要等下去？”海洛薇兹等户籍员走了之后问，“要是基劳兰渔民的说法是可信的，那就没指望了。要是他们错了，那么，对我来说，还有一种我不想知道的恐惧。如果说我和世界上所有的母亲不同，如果她们愿意趴在碎石滩上、小池沟里无休止地寻找记忆中某根缎带的线头，那么，我是和她们不同。如果说我不正常、软弱、对不明白的事情害怕极了，那么，我就是不正常。可我只能说，要让我一边悲痛欲绝，一边低头去看我的孩子支离破碎的尸骨、了解更多情况，我办不到。”

悲伤是他们共同的基石，也将他们分离。一个人说话的时候，另一个却没听进去。两人都拒绝无谓的怜悯。现在，没有什么预见能帮他们了，梦中也没有声响，没有了突如其来的直觉。海洛薇兹收拾好了最后一件行李。

在这段凄凉的日子里，她发了一份电报给她的银行，要求将里约维德的股权证转到她丈夫在恩尼瑟拉的银行。她把这事儿跟他说了，当时他正准备出门，想去问阿洛伊修斯·沙利文最后还有什么事情需要处理。

“为什么偏要在这时候把它寄给我们？”他困惑不解地瞪着她，“我们都打算走了，却特地寄到这里来？”

海洛薇兹没有回答。她写了一张纸条，授权她丈夫代表她自己接受那些股权证。

随后，她说：“是我想要这样。”

高特上尉照太太的要求去办时，仍对这事儿的反常感到困惑。是不是这个夏天接二连三的打击和心烦意乱，留下了和那些事件一样可怕的后遗症？这些宝贵文件本无必要交给邮局，万一在寄往那个岛——也就是他们的祖籍地——的途中有闪失呢。其实怎么处置股权根本不需要这么寄来寄去的，只要海洛薇兹的指示就行。在银行介绍铁路公司未来资产转让保留条款的信中，这一点写得很清楚。

在恩尼瑟拉，他本想把刚去邮局取出的大号信封再寄回原处，要邮局确保安全，并告诉他们出了个差错，在眼下这种情况下，这可以理解。但他没这么干，没有带着一堆借口空手回拉哈黛。相反，他把拿到的文件交给海洛薇兹，也转达了阿洛伊修斯·沙立文的问候。她仔细看了信封里的材料，轻轻点点头，仿佛律师的问候激不起她的任何兴趣，虽然她一向特别喜欢沙利文。

那天晚上他们本可以一起散步，从大屋到果园、花园，再穿越牧场。可是高特上尉没有提，也没有像以前那样独自散步。苹果树、蜂房里的蜜蜂、还有他一向引以为豪的畜牧依然深深吸引他，但他更在意的是妻子。如果事情真像他预想的那么糟，那就到了千钧一发之际。

郁郁沉默着，他独自饮酒，苦着心让自己别去想：这一切之中是否有惩罚的寓意。毕竟，如果民众没有起义，这个小小的角落怎会顷刻间化为地狱的入口？他怎能料到如此结局啊，如同真相不会栖身于大错特错的假设中，也不会藏匿于对谴责可怕的猜想，他真的是没法预料啊。是偶然，而不是愤慨，指定了这年夏天高特家族的命运。

※

开往都柏林的火车上，海洛薇兹沉默无语。她恨，恨抛在他们身后的海岸，恨他们穿越的田野和山丘、森林和灌木、安静的废墟。她只想永远离开这些曾让她愉悦的风景，远离那些和善微笑的脸庞、彬彬有礼的声音。苏塞克斯郊外租的那幢别墅还不够远：好些天来她就预想到了，但没有说出口。现在她说了。

上尉听着。他能够理解，也感同身受，十三年前跟随他来到拉哈黛的妻子在离开的时候，只想走啊走，走得越远越好，直到别的火车将他们放在无人对他们评头评足、好奇打量的地方。他们曾经想象过的、在美丽安逸的英格兰的未来生活，如今已无法再想象了。

"我们留给他们的是苏塞克斯的地址。"他说，必须说点什么吧。可是，苏塞克斯也好，郊外也好，别墅也好，甚至宁静的英格兰也好，都不在他的心上。他唯一惦念的是妻子日渐消瘦的苍白脸庞，她没有生气的双眼目不转睛地盯着窗外的风景，说起话来已没有本来的音色，交叠的双手像雕塑。既使如此，他还是舒了一口气。她给银行发电报的时候挺有条理的，这只有她决心告别过去才能做到。他为她取回来的文件也装在他们的行李中，无论他们去哪里，往后都得靠这个生活。

“随便哪儿，”她说，“去哪儿都行。”

到了都柏林，高特上尉在国王桥车站发了电报，取消了在英格兰的租房。发完电报后，他们就那么站着，和他们的行李组成一个孤岛。“我们在一起。”他这么说是因为，尽管海洛薇兹的脆弱依然让他担心，但他们都体会到远离故土家园的感伤，迷失自我、删除记忆的渴望。在一起就能互相安慰，他始终这么说。

海洛薇兹没有回答，当他们穿过城市、前往码头的时候，她才说：“真奇怪，离开并没让我们有丝毫悲伤。想当初，这简直是无法承受的事情。”

“是的，是很奇怪。”

就这样，高特上尉夫妇在一九二一年九月二十二日周四那天，放弃了他们的祖宅，也在不知不觉间遗弃了孩子。在英格兰，城镇和乡村似乎在不经意间从他们眼前掠过。教堂尖顶和农家宅院，小小的后花园里最后一拨甜豌豆，在精心扎起的铁丝网上蔓生的红花菜豆，盛放至极的艳红天竺葵，可能还有别的什么。法国，不过是另一个国家，虽然好几个晚上都在那里度过。“我们继续旅行。”这是高特上尉用旅店的信笺写给恩尼瑟拉的律师的三句话中的一句。

3

布里吉特先把家具擦得光可鉴人，再用从未丢弃的旧床单盖好。护窗板上的钉子敲入位之前，她就把窗玻璃擦干净了。她把撤走地毯的后楼梯台阶和狗道石板地都刷洗过了。鸭绒被和毛毯子也收好了。

早晨，昏暗的大屋里已无事可做，只有厨房和洗涤池那儿可见日光，亨利提着灯到楼上，在每个房间里转了一圈。已经有点霉味了。晚上，他们会把这里锁起来。

两人都很忧郁。高特夫妇离去后的头些天，他们日夜都盼着哪个渔夫会带来新消息，譬如在渔网中、船桨上发现了什么。可是，谁也没来。就算有人来了，高特夫妇会想知道吗？布里吉特吃不准，亨利摇摇头，无法回答。

大厅里，他摘下灯罩，拔去灯芯。在牛奶棚，他把早先从乳品厂带回来的牛奶桶冲洗干净。“我要去看看那堵墙。”他朝后门处的布里吉特喊道。他很想知道等他回来，最后一次靠着厨房大桌坐下会是什么感觉。她正在烧一些熏肉。

亨利一吹口哨，那几条牧羊犬就欢跑到院子里，布里吉特看着它们挤挤挨挨地跟他一起出发。“那堵墙不会有事儿的。”她提高嗓门，表了态。

“要我说，也不会有什么事儿。”他说。

布里吉特对自己的祈祷不觉得失望。祈祷过就够了，上帝如果没有听见就是他不愿听见。他们会习惯万事万物存在的方式，愿意接受这种安排。老汉娜会时不时来门房看看，连吉蒂·特丽莎也回来了一次，尽管她离这儿相当远。不过，吉蒂·特丽莎可能不太愿意来。在经历了不得不离去的那种伤痛之后，回来对她来说也许难以忍受。

“你们大概都会留恋这间年头久远的大厨房吧。”布里吉特走进去时，心里这么想着。她仍然会去院子里喂母鸡，只要它们还在那儿活着；她也会到外面找点新活计。当她第一次跟着母亲来厨房干活时，总是在院子里玩耍，下雨时就坐在灶火旁，用鼓风管吹着泥炭，瞧着火星起灭。

她站在水槽边把一柄平底锅刷得锃亮，几处搪瓷剥落的模样看起来万分熟稔，她都看了好些年了。她把锅漂洗干净、擦干，放回原位，琢磨着将来会不会还有用到它的一天，就在突如其来的一番乐观期许中，她相信那一天一定会到来，时间会治愈一切，他们会回来。她夹起熏肉，放进炉灶上的开水中。

※

亨利瞧见黑上衣，一时没想起来。很多年以前，他一度总看见女主人穿着它，但现在冷不丁瞧见，却没认出来。这东西以前不在这里，他一开始还以为是别的什么。上一次他到这边来，是因为奥瑞利家的羊圈裂了一条缺口，他过来处理塌落的石块，当时，那个角落里只有蹿高的野草。他站在那里，盯着那件衣服，没有再走入杂草石堆，又喝住牧羊犬。慢慢的，他点起一支烟。

他在意的那些石块还在原地，和以前一样，从墙上塌下来，跌在荨麻丛里。他记得帕迪·林顿曾坐在只剩四条腿和一块光板的桌子旁。围着那张陋桌的荨麻都被压扁了，一条小径通向那个角落，也就是黑上衣所在之处。两只草编鱼篮吊在那里，他还能瞅见几只苍蝇定在棕色的苹果核上。

他试图想出个所以然，可当某种念头冒出来的时候，他又不想细想下去。有条牧羊犬呜呜叫起来，他让它闭上嘴。他不想掀开上衣看，可最后，他还是看了。

※

院子里，一条狗叫了一声，布里吉特就知道亨利回来了。那条狗每次回到院子里都会叫一声，亨利一直想让它改掉这个臭毛病。她还在灶台上忙碌，把装着土豆的长柄炖锅放上炉子，再倒出滚烫的热水，浇在切好的甘蓝叶上。她在餐桌上放好刀叉，接着就听到亨利走上过道的脚步声。当她从炉灶上抬眼张望时，他已站在了门廊上。他的胳膊里抱着一包东西。

“那是什么?”她说。他却一声不吭，径直走入了厨房。

※

穿过森林回来的一路上，他脚步匆忙，焦急万分，苦思冥想却还是理不出头绪。围绕他的寂静是否必然就是死者的那种寂静？一遍又一遍，他把它摊开来看，甚至伸手去合上那双盯着他的眼睛，因为在如此阴冷的地方、挺了那么久，难道还能有什么生机吗？

厨房里，熟熏肉的气味潜入他的迷思，恍如现实平定了一场梦的碎片。碗柜上的座钟清晰的走秒声，长柄炖锅的盖子上腾腾涌出的热气。

“圣母啊！”布里吉特尖叫起来，“哦，我的圣母啊！”

※

孩子的双唇留着草莓汁水干涸的痕迹。她看起来病恹恹的，脸蛋都凹下去了，双眼下有深黑色的眼圈，头发乱糟糟的，就像铁匠家的孩子。她倒在亨利的臂弯里，身上盖着她妈妈那件旧上衣。脏脏的。

亨利到底还是说话了。他说他去帕迪·林顿的木屋那儿，想找些石头。和平常一样，他面无表情，连说话时也是这样。“火腿的表情都比他多。”布里吉特的父亲曾这样说过亨利的这张脸。

“慈悲的圣母！”布里吉特不住地喃喃，手在身上划着十字，“慈悲心肠的万灵圣母啊！”

亨利慢慢走向一把椅子。孩子饿坏了，虚弱得令你觉得她几乎活不成了。但是他们一言不发，这些潜台词纠缠着布里吉特的思绪，和先前亨利所想的一模一样，他俩都被同样的困惑搞糊涂了。她怎么可能从海里上来呢？她究竟怎么会在这儿呢？布里吉特坐下来，稳住发软的双膝。她想数数日子，可总也数不清。海滩上那一夜之后，高特夫妇动身前，仿佛已过经年数载。

“她从家里拿了些食物，”亨利说，“她大概是靠甜三明治活了下来。感谢上帝，那地方有水。”

“她以前从没在林子里待过啊，亨利。”

每天早上，布里吉特带着她的念珠从门房来到大屋厨房，再把念珠放在炉灶上方的搁板上。现在她打起精神去拿，摸到它，在指尖来回滚动珠子，她并不是在数珠子，只是捏着珠子让她稍感心安。

“她离家出走了。”亨利说。

“哎呀，这孩子呀，这孩子……”

“她被自己做的事儿吓着了。”

“你为什么要做这种事儿呀，露西？”

自个儿的声音听起来都蠢，布里吉特心想。光听声调就知道她在为自己的愚蠢感到歉疚。难道不该怪她没有提到海水浴的事儿吗？难道这孩子不总是在峡谷及其上方的树林里玩游戏吗？——为什么她那会儿竟忘了提醒他们这一点呢？为什么她没说渔夫们信的那套都是想象而已呢？

“露西，你这是着了什么魔呀？”

亨利说，她的一个脚踝情况很糟。他们走进院子时，她本想自己走，可他没让她下地。脚脖子要是成了那样，你说不准到底出了什么问题。有可能是粉碎性骨折，但你瞧不出来。他说要去找卡内医生。

“我要不要先带她上去？”

布里吉特心想，不把这又湿又脏的孩子送上楼，他是不会说详情的。然后他才会说自己是怎么偶然发现她的，她又对他说了什么。现在这孩子如此沉默，说不定永远都不会吭声了呢。

“等我先打几罐子水，好让她洗洗、上床。”

布里吉特把念珠放回炉灶架上，提起炉子上已经沸腾的水壶。滚烫的水汽几乎立刻就溅了出来。上尉、夫人和亨利来回往返于海滩和大屋间,在沙砾滩上东翻西找:和她一样,他们真是蠢啊,把事情越搞越糟。炫目的日光下,布里吉特仿佛现在又看见他们傻乎乎地在海滩上了。

“你饿吗,露西?是不是饿坏了呀?”

露西摇摇头。亨利也坐下来了。他那顶棕褐色的帽子朝前压着,好像他穿越树林时就把帽子碰歪了,在把背上的孩子放到椅子上时,他仍没想到把帽子摆正。

“仁慈的主帮了她。”布里吉特轻轻念道,一边感到眼泪热热地滑下脸颊,这时她才意识到自己在哭,也方才明白这儿和那儿的所有事儿都不是愚蠢而荒唐的。“感谢上帝。”她喃喃自语,突然伸出双臂搂住露西瘦小的肩膀。“仁慈的上帝啊。”

“现在没事儿了,露西。”亨利说。

布里吉特打满了两罐子热水。孩子的眼神里透出一丝精疲力竭。看起来,酷似一种悲苦,隐隐地泄露在眉宇间。

“露西你不舒服吗?脚疼吗?”

说话间,那双眼睛流露出的似乎是否认的意思,可依然没有开口回答,什么也没说,什么动作也没有。亨利站起身,再次把这个毫无反抗力的小身体抱起来。在楼上,布里吉特点了两盏灯提着,他则把小东西放在一个星期前刚掀走床单和毯子的床上。

“等在那儿,你得见到卡内医生本人才行,”布里吉特指示他,“尽快把他带回来。赶马车去,别走路。现在我来应付这儿。”

她到楼梯平台处的熨烫间从先前叠好的床上用品里急急翻出一条睡裙来。

“我们要来洗个澡。”她小心翼翼地铺好床,避免弄醒躺在床上的软软的小身体，说道。可是，必须先等医生来了才能洗澡，她把热水倒进浴室的一只脸盆里，端回卧室。她能听到外面传来喀啦喀啦的声响，猜想是亨利支起了梯子，打算先把露西卧室窗外的封护板拆掉再去找卡内医生。谁都会想：他总该明白不该在这件小事上浪费时间吧。她的脾气也没了。

“给你洗完澡，要不要我煮个鸡蛋给你吃？鸡蛋放在杯子里，露西？”

露西又摇摇头。看起来那只脚踝好像骨折了，发黑的地方多过淤青，肿得像只大皮球。整条腿都不顶用了，没有生气地拖着。

“先等我来给你量量体温。”布里吉特说。家里肯定有体温计，可她想不起来放在哪里了，甚至怀疑被带走了。她们只能把这件事留给卡内医生做了。“我们得把你收拾得又干净又漂亮，才能见医生。”

这孩子浑身上下脏透了，一头乱发，双脚、双手、胳膊上和脸上都有擦伤和划痕。她的肋骨突出，肚子上的肉很松。一只捣碎的白煮蛋和吐司面包一起放在小杯子里，那是她最喜欢吃的。“说不定等卡内医生到了，她的胃口也上来了。”

脸盆里的热水颜色一下子就变灰了。布里吉特把水倒在浴室里，又盛来一盆。他刚才说什么来着？甜三明治，是什么意思？那间小木屋早就塌了。难道这孩子这些日子都在那儿待着？这岂不是孩子气的傻事吗？因为不想搬家，就想永远待在那里吗？就因为这个才令一切都乱套了，导致了你一辈子都不愿见到的生离死别？她本该告诉他，赶紧发一封电报到他们留下的地址。那他就必须到门房去一下，把那张写有地址的纸找出来。因为已经晚了，她希望他别想到这事而再耽误他的任务。

“爸爸妈妈已经走了，”布里吉特说，“可现在呢，他们就会回来了。”

她悬空提着一只水罐烘烤冰冷的床单，另一只则放在床单下面。她打开窗户插销，把上层玻璃窗拉下一点儿。亨利扳去了一些封板，还留着一些。

“卡内医生不会太迟的。”她说，不知道还能说些什么。

※

“当然，都在那儿。”亨利在大厅里用脑袋朝上点了一下，含糊地指出他拆下封窗板的那间卧室。“除了她愿意告诉你的，就没别的了。”

“没别的了？可她刚刚从鬼门关回来啊！”

她一寸也不能多走了，亨利说。她一定是走得太多了，一直走到他发现她的地方。要是他没想着去修复那堵能溜进羊的破墙，根本不可能找到她。

“甜三明治是怎么回事？”

几张破报纸里有几块黄油，还剩了几块糖。还有些苹果，一定是她从树上摘的，还没熟，但她都吃了，因为地上有果核。她应付的法子挺对头，亨利说。

“亨利，这孩子脑袋没出茬子吧？”

“哎呀，怎么会。”

“她跑掉的时候明白自己在干什么吗？”

“她当然明白。”

“我们需要给沙利文先生捎个话。还有，得往英格兰发信。”

“我一直想着这事儿呢。”

医生确诊了一处骨折，还需要进一步观察，骨头周围有韧带损伤，还有内出血，发热，体温很高，以及营养不良。他建议给她食用牛肉浓汤或是热牛奶，恢复初期只能吃小小一片吐司。亨利跟着他回了基劳兰，去发那份必须发出的电报。布里吉特在厨房里就着炉灶上的加热条烤了一小片面包。

今天晚上，他们只能在大屋里睡觉了。亨利是在返回拉哈黛的路上得出这个结论的；而布里吉特是在端着托盘上楼时想到的。他们不能把这孩子独自留在这里，不能像先前那样了，就算再有人企图在这里纵火也没关系。除非小露西有了具体的安排，除非高特上尉夫妇回来，他们必须留在那里。

“你在电报里怎么说的？”亨利回来的时候，布里吉特问。

露西活着，在树林里找到了。这条消息已经发往英格兰。

5

“在废墟?”阿洛伊修斯·沙利文说,“废墟?”

布里吉特解释了一番。她还提到装在草编鱼篮里、被孩子带走的东西,还有半生不熟的苹果。沙利文先生闭目片刻。

“她生气了,就是那么回事儿。她一心要出走,这样他们就可能重视她。”于是,布里吉特说出了她的猜测,还有几件她已经知道的事——昏暗的树林里阻碍人走路的尖树枝,为了晚上御寒而带上的上衣,还有落在地上、容易绊脚的树杈。“她脸上划伤的地方渗着血。她大概尝到了血的味道,吓坏了。她就靠带出去的那些食物过活,全是些可怜巴巴的碎渣,然后不知不觉地就走到了帕迪·林顿以前住的地方。天亮以后,她又想往回走,可是脚脖子肿成那样,她连走几步都不成了。她出来找浆果吃时,伤势准让她害怕了。等到吃的也没剩多少了,她更是怕极了。她准是一直在想,肯定会有谁来。可没人去找她,她肯定觉得自己要死了。”

阿洛伊修斯·沙利文对这回答没上心，他问："海滩上找到的衣服是故意放在那儿误导我们吗？我们是不是得承认，这是一出精心策划的诡计？"

"啊？不，沙利文先生，不是的。"

"那又是什么？寻开心吗？"

没有人跟布里吉特说过——也没有谁会知道——那条狗在这里扮演的角色，于是她提出自己的看法：沙砾滩找到的衣服是无意间遗落的。

"事情是这样的，先生，她离家出走这个念头从来没钻进过我们的脑袋，所以我们都想歪了。不光是我和亨利没想到，老爷和太太也没有，先生。"

"我也没想到。"律师干巴巴地回道。

他们正在起居室里，家具还盖着白布。两盏灯亮着。大屋里绝大部分护窗封条都还在原位。

"当时我们都有这种想法，先生——既然事情似乎是那样发生了，找到的东西又让人那样猜测——"

"我明白，布里吉特，我明白。"

"我们觉得这样才说得通，先生，她做好准备，想去杜伽万，然后天黑了，她只能往林子穿、再上那条路，大概几英里开外吧？先生，再怎么猜，也不如让她自己现在说来得清楚。"

"我要欣慰地说，布里吉特，我不太了解孩子的感知等方面的情况，尽管如此，我向你保证，在日常工作中我也经常遭遇成年人在感知方面的局限。孩子现在在哪里？"

"在院子里，和亨利在一起。"

“她的身体情况怎样？”

“还是很安静，先生。”布里吉特把扶手椅上的盖布掀开，“请坐吧，先生。”

阿洛伊修斯·沙利文是个大个子，很满意地应邀落座。虽然他是开车来拉哈黛的，但他的腿肚子还是隐隐作疼。某种直觉告诉他，这种隐痛是因这些新状况有失公允地加诸于他的重任而引起的。自从他收到埃弗拉德·高特从法国寄来的寥寥数语后，他就发现身体里这样或那样的紧张情绪，衣领下的皮疹就是一种征兆，现在又以腿肚子作痛的形式表现出来。一个星期前，当他得知早先对那孩子的命运所下的定论有误时，他好久没有复发的神经痛又发作了。

“布里吉特，我母亲以前常说，你可以在孩子的心里发现魔鬼。”

“啊呀，使不得，先生，可不能这么说。发生了那些事，她自个儿也很难过。和我们一样，先生。自打那些人闯过来想把我们杀死在自己床上，这栋大屋就没安生过。真要怪罪什么人，先生，我们知道该怪谁。”

律师长叹一声。他明白，他说。可不管怎样他都必须记住埃弗拉德·高特亲口告诉他的事情：他和妻子如何下到海滩，一次又一次地找，又是如何日日夜夜地忍受地狱般的折磨，可是现在，显而易见，那都成了漫无目的的行动。就是那些日子里，他们任性的孩子一直靠吃甜三明治为生。

“你也坐吧，布里吉特。”他说。

布里吉特没有坐。她从来没在这个房间里坐过，就算现在的情形允许她坐，她也不能。她说，当亨利抱着孩子走进厨房时，她的心都快跳出来了。这事儿太糟了，这孩子干了一件糟糕透顶的事儿：她决不会矢口否认，哪怕一分一秒。在亨利抱着她进来以前，她从没见过那么可怜的人，一只脚已经迈进了鬼门关，谁都会这么说。

“我们要不要再发一封电报呢，先生，万一上一封寄丢了？”

“电报没有寄丢，布里吉特。”

布里吉特听说过，上封信是从法国寄来的。她没资格皱眉头反对律师，但她抑制不住那股冲动；似乎他也觉察到她需要片刻来调整一下自己，因此沙利文先生停下来不再说话。等他再开口，他解释上一次信中提到仍在拉哈黛的家具和其他物品。他原来以为总会有货车来运走这些东西。但信中写明了，留下来的东西都该存放在原地不动。

“你们的电报已经收到了，布里吉特，发到了你们寄往的地址。那里也收到了高特上尉取消租房的电报。我自然会一直和他们保持联系的。当然了，关于上尉夫妇在何处落脚，我们迟早会得到新消息。但眼下，很遗憾，我们还没任何消息。”

仿佛在强调此番困境所带来的种种不便，沙利文先生抹了发油的头缓慢地从这侧摇到那侧，他那灰蓝色的双眼透着沉郁。接着，他长叹了一声，然后深深吸了一口气，屏了一会儿才尽数呼出。

“我估计，他们走之前没对你说什么吧，关于他们是否可能改变计划？关于他们打算去干什么？”

布里吉特顿时露出焦虑的神情，甚至比刚才皱眉反驳更来不及考虑。他们提到过什么吗？会不会因为他们都陷入难过的情绪里，她没听清楚？她又想了一会儿，摇了摇头。

“他们只是留了那个地址，先生。”

沙利文先生两只肥厚的手掌轻轻搁在膝盖处的蓝色细条纹裤子上。“布里吉特，这里有没有什么文件能让我们看看的？万一有什么有用的资料呢?”

布里吉特掀起了更多挡灰布。可是,写字台抽屉里、餐厅餐具柜抽屉里都没什么东西跟他们眼前的麻烦有关。他们提着灯走上楼,在梳妆台抽屉里也一无所获。

布里吉特借着沙利文先生提的灯,把底楼平台角落里的茶柜搁板也找了一遍,说:“这里除了收据,什么都没有。”从别处找到的一些信件中,有一张印着图片的明信片,寄自上尉的兄弟,地址是驻扎在印度的军队番号,日期则远在三年多以前。要说最近的信函,当属海洛薇兹·高特在威尔特郡的姑妈的一些来信,其中一封短信尽是牢骚。

“上尉临走时有关大屋和你们俩的安排不变,”沙利文先生说道,“现在发生的事对此没有任何影响。”

往后的开销也已经有了,主人考虑到了紧急状况。虽然高特夫妇此番离开比预想的狼狈,但他们做事一向很仔细。律师先生承认,他的希望原来就在这栋大屋里——准有些线索藏在大屋的什么角落里,跟他们出行计划的变化有关。

“我已经四处打听了一圈,”他们回到客厅时他说,“问了每一个我能想到的人。我觉得,口信理应已传到贝娄山的表兄弟那里,不过,他们好像也已经离开爱尔兰一阵子了。他们联系多吗,你知道吗?”

布里吉特不知道。她记得他们一度有过联系,可是自从他们去了英格兰之后就没再听高特家的人谈起过他们。她把楼下每个抽屉又翻找了一遍,还是没有发现他们寄来的信;不过,贝娄山的表兄弟倒是出现在一本相册里,那是十年前坐在拉哈黛草地上野餐的合影。

“如果我没记错，那些男孩当中有一个被派驻巴雪戴尔[①]，”律师回忆往事，说道，“上尉也曾待在那个团。”

“我从没听说过这事儿。”

“你担心了吧，布里吉特。我告诉你的事是挺让人震惊的。可是一定会有联系的，这一点毋庸置疑。我们已经有了印度部队番号，万一上尉和他的表兄弟联络上了，哪怕联络地址已经和以前不一样了也没关系，我发出的信会顺势转到新的驻扎地。军队在这类事情上非常有优势。”

“先生，只是这孩子……”

“卡内医生的账单会寄给我，布里吉特。我们已经谈好了。”沙利文先生停了停，又说，“我想让你把这儿保持原样，再维持一段时间，这是不是太为难你了？就眼下这些日子，布里吉特？”

“保持原样？先生？”

“就眼下这段时间。”

“亨利和我就住在楼上的房间？您是这意思吗，先生？”

“我是说，照目前的情况来看，既然她已经回到这儿了，显然把她留在大屋里是上策。总而言之，如果你们不介意，这样总比带着她住在门房里强多了。”

说是眼下，沙利文先生也不知道究竟会维持多久。他只是推测说，若要搬出大屋，再来来回回折腾封好的窗户和锁上的大门，势必会让孩子更不安。这孩子已经惹出了这么多麻烦，索性将她留在熟稔的环境里倒好些。他揣测，事到如今，曾经夜袭此处的那些人应该已经对当初

---

① 比利时地名，是一战时期的重要战役地点。

的目标失去了兴趣。他特意提及此事，是担心自己无意中引起某种程度的忧虑。

“照亨利的说法，他们会让我们安生的，先生，因为他们已经把老爷和夫人赶跑了。事情弄到这个地步就够了，亨利说的。”

沙利文先生虽赞同，但没有表态。亨利肯定听说了什么，就自己推论出了这一点；就算不是他听来的，他的直觉也挺值得信赖的。尽管那个年轻人受了伤，但枪击那夜之后发生的一连串事件已经足以被视为报复了。

“我们这就把门房锁上，先生。等他们回来了再说。”

“那么，我们的朋友对这起不测事件有什么说法了吗？”

“您说的是哪位朋友，沙利文先生？”

“我是说那孩子。她怎么看待父母重返之事？这次她会乖乖地跟他们走吗？”

“等他们回来了，指不定就决定留下来了呢？看到她这样和自己过不去，他们还会走吗？”

“布里吉特，我也希望如此。”

“根据您听到的消息，打打斗斗的事儿现在消停了吧？”

“希望朝这个方向发展吧。至少，我们还可以希望。”沙利文先生站起身，“我该去看看那孩子。”

“您会发现她很听话的，先生。”

沙利文先生叹了口气，心想在这种情况下，所谓听话也不算不合适。

“先生，还有件事，您可能不知道。她倒在那儿的时候，骨头合拢得不对劲儿，可能会让她成个跛子。”

“我知道,布里吉特。卡内医生来找我时就说了。”

他说着,起身迈步穿过昏暗的宅子,走向院子。他们所谈论的孩子正坐在一间侧屋的门阶上,多年以来,这间侧屋已成了亨利的房间。横穿过院落,墙边的梨树下,两条小牧羊犬四肢舒展地晒着太阳。律师一露面,它们都抬起头,颈项上的毛耸立起来。一条狗低吼起来,但都没有动。它们又趴下,鼻子抵着圆石地。

穿过亨利小屋敞开的门,沙利文先生看到一条长凳,上面放着大大小小的钳子,下面放着好几排木匠工具——有榔头、凿子、刨子、棒槌、刮刀、老虎钳、水平尺、螺丝起子,还有扳钳。两只茶叶箱里堆满了各种长宽尺寸的木板、木片。还有几把锯子和一卷卷金属线圈,一团线球用去了大半,有一把镰刀挂在挂钩上。

亨利坐在孩子身边的台阶上,正往一架木头小飞机上刷白漆,它大约一英尺高,双翼展开,但尚未装螺旋桨,底部插在一个果酱罐口里以保持平衡。火柴杆拼成了机翼,位置和角度都照搬了一份旧报纸上的图片,报纸也搁在台阶上。

“露西。”沙利文先生说。

她没有反应。亨利也什么都没说。油漆刷得太大了,在小飞机上刷显得很笨拙,他继续在粗糙的木头上刷来刷去,律师估计刷的是石灰水。

“你好吗,露西?”他说。

“今儿天气真不错,沙利文先生。”亨利看到女孩还是不出声,便应了一句。

“是不错,亨利。是不错。好了,露西,我想问你一两个问题。”

她有没有听父母谈过,他们将去哪里?有没有听他们聊过要去哪些城市?有没有特别谈到某个国家?

孩子摇了摇头以示否定,每听到一个新问题,摇的幅度就更大一些,金发甩得厉害。沙利文先生低头看她那酷似母亲的脸,一样的眼睛,一样的鼻子,连双唇清晰的轮廓线都几乎一模一样。早晚也是个美人;他心想,那最终是否算对现在流逝时光的补偿呢。

"露西,要是想起了什么,你会告诉布里吉特或亨利的,对吗?能帮我这个忙吗?"

他的语气里透着一丝恳求,他知道这并非要求,而是乞求她露出他印象中见过多次的笑脸。"哦,露西,露西。"他走回客厅的一路上都在喃喃自语。

茶已经为他沏好,灯仍然亮着。他喝了两杯茶,在烤饼上抹了蜂蜜。他痛苦地沉思着。亲临现场,这一灾祸的发生令他比得知露西还活着的消息时更感到不可思议。埃弗拉德·高特怎么就那么巧,会在沙滩上发现那块几乎看不到的衣布呢?怎么就没人想到楼上还有一位和善的女仆,会被心情糟糕的孩子视为避风港?

没有答案。阿洛伊修斯·沙利文站起身,用随茶点一起送来的餐巾抹去唇上的一点黄油。他抖了抖膝上的面包屑,拉直背心。在门厅里,他唤来布里吉特,一起走向汽车。

"先生,您会把他们带回来的吧?"

引擎发动了,车轰隆隆地准备出发。是的,他会把他们找回来,沙利文先生鼓足所有勇气保证。他会找遍每一个角落。事情会好起来的。

布里吉特望着汽车消失在林荫道尽头,排气管喷出的气还缭绕在空中。她祈祷律师会成功,到了厨房,她又祈祷了一遍,只求老天爷保佑这么一件事,因为别的事都无关紧要。

※

“油漆明天就会干啦，”亨利说，“我们把它晾在这儿，好吗？”

“他不喜欢我。”

“啊呀，他当然喜欢啦。人人都喜欢你，绝对的，他们怎么会不喜欢你呢？”

他用剩余的木板木块把飞机架在台阶上。他说要到明天才可以碰油漆。

“他肯定是喜欢你的。”他又说了一遍。

※

阿洛伊修斯·沙利文在恩尼瑟拉和基劳兰又问了一圈。他写信给他所知道的高特上尉的朋友，还给显然与高特太太有联系的英国朋友写信。同时，他也查到了远在英国的蒙特·贝娄·高特家和罗斯卡门郡的高特家族远房亲戚的地址。没人提到诸如高特夫妇自我流放地之类的有用信息；只有讶异和关心，表示他的询问很有必要。埃弗拉德·高特寄给他本人的那封信落款是法国贝尔福镇，寥寥数语的信纸上能看到帕克酒店的地址：路易十六大街。从酒店老板那儿，阿洛伊修斯·沙利文总算收到了迟来的回信，信上说他询问的住客只在三号套间里住了一晚。他们从贝尔福去哪里，就没人知道了。

一开始，海洛薇兹·高特在威尔特郡沃明斯特镇的银行经理很不情愿透露他收到的具体指示，但最终还是讲了：高特夫人从瑞士写信通知他结清她的账户。账户余款已经转到了巴塞尔的一家银行。他有理由相信她在那里将里约维德铁路公司的股份转让套现。这场特殊的追踪的结局是:沙利文先生给伦敦海侯博街的提姆与威尔顿调查公司写了一封信。

> 我的两位客户或许已在那座城市定居,或者能在那里找到他们当下住址的线索。请告知大致费用,我好决定是否请贵公司追查此事。

最终,提姆与威尔顿调查公司的布兰金先生被派往瑞士。他在巴塞尔待了四天,找到的线索只不过是证实了高特夫妇抛售了股权,但他们没有立即投资新的交易。他没在这座城市久留,住在旧兵营大街的一家小旅馆中。高特夫妇依然下落不明。布兰金先生便自行去了德国,在汉诺威和别的小城市里查了一星期,一无所获,又去了奥地利、卢森堡和普罗旺斯。随后,他拍电报给公司,经过与沙利文先生的商议,布兰金先生被召回伦敦海侯博街。

6

他们在瑟塔迪拉[1]的蒙特马莫洛镇住下来，租的房子下面是家制鞋店。“今天我们干什么？”上尉明知故问。散散步吧，海洛薇兹只会这么说，于是，他们就在山丘上走走，那里废弃的大理石矿场旁长着酸酸的黑莓。他们有一搭没一搭地闲聊，可从不谈到拉哈黛和爱尔兰，而是回到海洛薇兹的童年，聊起她父亲的往事，或是母亲守寡之前的往事，回到和平年代的人物和地方。上尉用耐心的问题、耐心的聆听鼓励她；海洛薇兹就滔滔不绝，因为这种追忆能驱散萦绕着的忧伤。她的美貌、埃弗拉德·高特笔直的背以及他军人风度的步伐，令他们在蒙特马莫洛令人注目，起初是神秘的一对，后来，也就没什么神秘可言了。

说不定哪一天，第二个孩子——这么久都不肯露面——可能在意大利出生：高特上尉如此希望是为了妻子；高特太太如此希望是为了丈

---

① 瑟塔迪拉是意大利著名中世纪古城堡景区，位于意大利东北部帕多瓦市，以古城墙闻名于世。

夫。然而，期待也是谨慎的，一碰到那个禁忌话题，他们又赶紧闪避。如今，转移话题、哑口无言，或凄然一笑，对他们来说已是驾轻就熟。当悲伤已然无用，他们便任由自己沉浸在这座刚刚抵达的城市所带来的陌生感中，沉浸在崎岖的山丘、狭窄的街巷中，沉浸在如孩子般学习当地语言中，也沉浸在这客居之地的简单生活中。他们用这种新发明的办法打发时间，任其流逝，一天一天过去，直到打开第一瓶阿玛荣红酒的时刻到来。在蒙特马莫洛，没有人看他们不顺眼。

7

阿洛伊修斯·沙利文得到来自孟加拉最南端的消息：

惊闻您来信所言之事，极其触动，我很遗憾地向您回复如下。我和埃弗拉德多年前曾偶有通信。他女儿诞生后一年多，我最后一次造访拉哈黛，也是因兄长来信通知我这个喜讯。在鄙人浅薄的印象中，爱尔兰始终是传说中那个苦难重重的国度。我兄长和别人被迫离开那里，如同昔日野鹅[1]那般，着实是我长久以来听到的最令人难过的消息。如果我收到埃弗拉德的来信，一定告诉他新近之事。不过，我相信您或那些留在拉哈黛的人会先于我得知他的近况。

威尔特郡沃明斯特市的古德鲍迪与塔里斯律师事务所请沙利文先

---

① 在爱尔兰俗语中，野鹅意味着背井离乡的人。

生解释他寄给他们的客户即海洛薇兹现已重病在身的姑妈的信。她是海洛薇兹的第十四位遗产继承人。回函中，沙利文先生写明了两名家仆和一个女孩目前的处境，并解释了前因后果。回信来自一位姓钱波的小姐，也就是病中老太太的陪护，信中表达出对如此变故感到的巨大惊骇和不悦。钱波小姐写道，近期没有收到海洛薇兹·高特的消息，也不能把来信转达给她的雇主，因为老太太脆弱的心脏恐怕无法承受这种程度的刺激——一个小女孩竟做出如此骇人听闻、有欠考虑的事。

钱波女士继续写道：

> 鉴于我的雇主从未有机会熟识这个孩子，并且长期以来遭受她亲侄女的漠视——多年来除了圣诞卡之外别无只言片语——我相信，不让重病患者得知这骇人的消息，也应被视为在情理之中。我倒是建议把那孩子送去教化院，一直等到她的父母旅行归来。反正他们自己对这种不幸波折——根据您所透露的——毫无自责之心。

※

拉哈黛大屋窗户上剩下的封条都被卸下来了，既为驱散笼罩他们的阴郁沉闷，也为了让新鲜空气流入这栋大宅。一次又一次，沙利文先生在客厅喝茶，一次又一次地诉说自己的毫无收获。尽管爱尔兰紧张的时局屡屡有爆发冲突的威胁，但只有等秋天过去，冬季将尽，他才提出拉哈黛将来的计划。

"按照法律，"那天下午，他突然说，"我没有资格说接下去该做什么，布里吉特。等你关上大门，我分内的职责也就结束了。高特上尉临走前一两天最后一次与我面谈时曾重申，'地产和牲畜应该可以维持生活所需。'即便在最悲伤的时候，他都没有忘记要让你和亨利体面地自足。但他存在我这里的钱本来是大屋所需的最后开销，我迫于现状用作他途，现在已经花光了。所以，布里吉特，按照法律，事情就到此为止了。但作为你雇主的朋友——当然，也是你的朋友，我很信任你——往后我也会尽一己之力。我打算用我的钱垫付孩子的抚养费和孩子的疗养费用。等高特上尉回来，他一定会还钱的。"

"先生，您能想着咱们真是太好了。"

"你们撑得下去吧，布里吉特？"

"哎呀，我们能，我们行的。"

沙利文和布里吉特握了握手，这事儿他以前从没做过，事实上，也永远不会再握了。他已经许诺不会撇下他们不管。他还会继续到大屋来看看情况，直到高特家人团聚的那天。他一如既往地确信——如同他始终言之凿凿重申的那样——那一天终将到来。

其间，沙利文先生没有谈及他碰到的困难：由于他不懂外语，他向相关国家发出的征询信不得不通过都柏林的官方机构，可是之前政局动荡，之后的《英爱条约》又不尽如人意，使得通讯越发艰难。权力、职权的交接、秩序的恢复，进程都颇为缓慢，混乱可想而知。沙利文先生的信杳无下文，便再次向有关部门寄出了复件，也是石沉大海。于是，又等了诸多时日，他倒觉得事情可以理解了：相对于整个国家的剧变和危机，这样一起地方事件微不足道，他既自责，也痛恨这个让他也成为牺牲品的时局，因为他试图在信函中传递出的迫切显然没有被当回事，他也不信任最终收到的确认书，通过这些回函，他知道他们只是开出安慰安慰他的空头支票。

他不会就此放弃，但他知道，这种无能为力的感觉将继续侵蚀他作为律师的威信。这种耻辱将他与所发生的事情联系得更紧密，正如负疚感让布里吉特和亨利靠得更近，因为他们明明都怀疑过露西去海里游泳，却没有说出来。

“我们必须抱有希望。”那天下午，他又鼓励他们，尽管他现在也不太相信所谓的希望。他和布里吉特道别，然后顶着阴霾，走向自己的汽车。

※

厨房里的炉子总是烧着东西，天花板和四壁是白色的，木制家具被漆成了绿色。一张沉重的松木大桌在两扇窗之间，有一只绿色的橱柜，里面放满了杯盘茶盏。走廊两边的墙上分别支出了一排碗碟架。

露西坐在桌子一头，盯着蛋黄从亨利的煎蛋中流出来。她喜欢蛋黄，不喜欢蛋白，除非蛋白完全凝固起来。她看着亨利把蛋黄抹在油煎面包上，再撒上盐。

“亨利很孤单，”布里吉特说，“宝贝儿，你跟亨利去吧。”

只要是好天气的早上，布里吉特都会说亨利很孤单，要一个人去乳品厂。露西知道他并不觉得孤单。她知道这只是个借口，让她跟着他，因为学校放假后她就没什么事情可做了。她重返学校的第一天，艾沃德先生就叫起来：“啊，是露西！进来，快进来！”她还以为他会伸出双臂给她个拥抱呢，可艾沃德先生什么动作都没有。有几个孩子不愿意和她玩，他们打量她、盯着她看，要不就是瞥她一眼，再用胳膊肘推推别人，每当有这种场面，艾沃德先生就向她保证：“他们会习惯的。”别的孩子没有咯咯笑，因为她做的事太坏了，没法让人咯咯笑。那条曾经一跑了事的无名狗依然是她在海滩上的玩伴。

“好。”她说，看着亨利用面包片把蛋黄都吸干净。“好的，我去。”她说。

现在已是四月初。清早的天气很明快，羽毛般的白云在天上随风飘——它们在追太阳，亨利说。“今儿不下雨，一点苗头都没有。”天堂就在那上面，她妈妈以前常说，就在云朵背后，在蓝天背后。你要为自己创造一个天堂，她妈妈说，创造你想要的天堂。

马车的大木轮在林荫大道上隆隆滚动，马慢慢溜达着，缰绳松松地荡在亨利的手里。当路两旁的树冠伸展到一起时，头顶的太阳和天空都消失了。阳光透过栗子树叶洒下来，一会儿，门房就进入了视野。门大敞着，至今都未曾改变，因为这种状况已经保持得太久了，林荫大道下的排门几乎都被掩映得瞧不见了。尘埃泛起的土路蜿蜒向右，太阳晒着更暖和一些。

她习惯了在这段路程上聊天，就让亨利告诉她帕迪·林顿的事，为什么他总是一副狂野打扮，用红手帕包着蘑菇，在一年一度的圣体节那会儿出现在基劳兰？莫里斯牧师的前任曾在讲道坛上宣讲过一道警示，他那是定规矩呢：为了基劳兰的太平着想，谁都不该买帕迪·林顿的蘑菇。因为，要是帕迪·林顿卖了蘑菇，就会得了钱去喝酒，喝醉了就更野。“呱呱笑得活像牲畜，”亨利说，“在码头跳上跳下的。”

亨利是在基劳兰土生土长的，出自一个渔民家庭，上下还有六个兄弟姐妹，可他娶了布里吉特之后就再也没有出海打过鱼。“我可从没在海里游过。”他常在去乳品厂的途中对露西自豪地说，出于某些他自己才懂的理由。露西呢，过去总是把她从妈妈那儿听来的《格林童话》故事讲给他听，要不就是吉蒂·特丽莎讲的故事。

“我们到哪儿少得了牛奶呀?”那件事发生后,他们第一次一起去乳品厂时,亨利找话说,“不就是牛奶让我们过活的吗?”

他已是尽力而为。他们之间的气氛并不适合聊起他的童年往事,诸如某年十一月大风暴,基劳兰很多村舍小屋的茅草屋顶都被掀翻了;到了夏天,海滩上会有赛马比赛;帕迪·林顿卖出蘑菇时的疯癫模样。

“孩子,你没打算闯大祸,这是当然的啦。”他试图打破沉默,“我们不都知道吗?”

“我闯大祸了。”

露西握住缰绳,因为缰绳被送到她手里,拖车的绳索在她的小手掌和十指间感觉很粗糙,和轻便马车的缰绳感觉很不同。

“亨利,他们还会回来吗?”

“他们当然会啦,为什么不回来呀?”

他们又陷入了沉默。马拉着车走上了主路,沉默还在继续,一路到了乳品厂大院,也就是亨利把马车拴在运货平台的地方。他提起牛奶桶,边抽烟边和工头谈话,接着又爬上马车。这次他自己牵着缰绳,因为有时候驾车在别的马车间穿行是挺难的。到了门口,他搬起两只空的牛奶桶。

“他们永远不会回来了。”露西说。

“他们一旦知道你在这儿,一分钟都不会耽搁。我可以向你保证。”

“他们怎么能知道呢? 亨利?”

“他们寄过来一封信,布里吉特就可以回信告诉他们。要不然沙利文先生也会联络到他们。整个科克郡都找不出比沙利文先生更聪明的人啦。这话我都听了好多遍了,好多人都这么说。我们要不要停下来喝杯柠檬水?”

不管怎样，他们都得在麦克布莱德夫人的路边小店停下来，布里吉特把要买的东西都写在纸片上了。可是亨利提起柠檬水就好像是他突然想到而提议似的。

“好的。”她说。

麦克布莱德夫人会克制住自己不盯着她。人人都尽量不直视她。艾沃德先生一开始也盯着她。就一次，可被她看到了。因为她做的事，他们都看她；他们也看她的跛脚。在学校操场上，伊迪·豪斯弗德还是不愿意接近她。

“您有没有小饼干？给这位小姐？”亨利走进店里说，麦克布莱德夫人的大脸蛋突然朝着她探过来，活像亨利劈木头时用的楔子，又重又尖。“黑乳牛奶饼干怎么样？”麦克布莱德夫人一说话，她的牙齿也探出来了。“露西，黑乳牛奶饼干对你的口味不？”

她答，对的，尽管并不太明白“对口味”是什么意思。等他们回家时，那封信就会到了吧。布里吉特可能跑出来迎接他们，朝他们挥手，等他们走近，她就会告诉他们，还会笑个不停，兴奋极了。她的脸会涨得通红，又是哭又是笑。

“这天气可真不错啊，亨利？”麦克布莱德夫人说着，在做别的事之前，先给亨利倒黑麦酒。“好话都说了，好事都做了，四月可不就是最棒的？”

“是啊，说得对极了。”

“可得感谢上帝。”

布里吉特会说她要个帮手，把他们住的房间拾掇好。他们会在房间里放上鲜花，打开窗户。他们会把热腾腾的暖水罐放在床边。“我们要把马鞍取出来。”亨利一定会这么说，然后擦洗干净，帮他们备好出行工具。他们会对她发脾气，但这不要紧。他们一直生她的气都不要紧。

“哦，我记得黑乳牛奶饼干是她最喜欢的。”麦克布莱德夫人说道。她转身走到柜台前，玻璃盖饼干罐顺着柜面一字排开。她拔出奶油饼干的玻璃盖，露西拿了一块。

她第一次跟亨利去乳品厂时，亨利把她抱起来，她就捧着柠檬水坐在柜台上，那是她第一次看到倒黑麦酒时浮起的泡泡。那时候，她六岁。

“给我十支装的。”亨利说，麦克布莱德夫人说她只有五支装的，亨利说那就来两包五支装的。他总是抽忍冬烟。别的牌子，他只抽过蓝克力。有一次他跟露西说过。他还给她看蓝克力的烟盒，上面有只狗的图案。她爸爸抽的是“甜蜜的阿夫顿[1]”。

“亨利，她怎么样了？”

“她啊，还不错。”

“你带着单子吗？”

他翻出布里吉特写好的杂货清单，递过柜台，麦克布莱德夫人开始照单索物。麦克布莱德夫人不再喜欢她了，尽管她刚刚给了她小饼干。麦克布莱德夫人对待她和所有人都一样，只有亨利和布里吉特不一样。

“我这儿没有草莓酱了，亨利。只有一磅装的覆盆子酱。”

“覆盆子酱好吗，露西？我们要不要来点？”

她点点头，身子伏在她手中的玻璃饼上，不想说话，因为麦克布莱德夫人在这里。沙利文先生也还是不喜欢她。

“凯乐牌果酱很好。”麦克布莱德夫人说。

---

① 阿夫顿是河名，是位于苏格兰西南部的一条河流，流程约十四公里（九英里）。在罗伯特·彭斯一七八九年所作诗歌中称之为“甜蜜的阿夫顿河”。

“再好不过啦。”亨利附和道，可是露西从没看过他在面包上抹果酱。他抹很多黄油，还经常撒点盐上去。他常说自己没有吃甜味的牙口。

“李子酱也很好。”麦克布莱德夫人说，接着又谈起她给当兵的小伙们做的夹肉三明治，到了晚上会有很长的列队经过此地。他们是从恩尼瑟拉军营来的，去老福特十字路参加舞会。她说，他们一路过来都饿坏了。“麦克把三明治做得太大了。”她说的是她丈夫，“厚得跟两个门槛似的，他做的那些。所以呢，没有年轻士兵愿意咬上一口。”

露西不再听下去，去看广告画：赖恩牌洗浴香皂、咸牛肉、威士忌和健力士黑麦酒。她以前就看到过这种招贴，她问过爸爸健力士是什么，爸爸说就是亨利喝的东西。他们走的时候留下一瓶威士忌，只喝了一点点，是“力量”牌的。

“谢谢你。”当他们坐上马车、亨利又点上一支烟的时候，她说。装满杂货的灰色纸袋搁在他们脚边。前头远远的有两辆别人家的马车，也载着空牛奶桶回家。

“上路喽。”亨利摇了摇缰绳，赶马上路。他把帽子往下压了压，遮挡晒在他额头上的阳光。第一块夏季晒斑已经在他的脸上出现了。

8

她望着蝴蝶飞去又飞来，魔术师干枯的手指神气活现地张开，蝴蝶的双翼又慢慢叠合，隐没掉明艳的粉红和金色。魔术师的神态一成不变，总是皱起嘴巴显出一丝笑意，总是一动不动地瞪着眼睛，脸颊总是像羊皮纸做的一样。只有两只胳膊在动。

楼梯上响起埃弗拉德的脚步声，然后是钥匙插进门洞的声音。他买好东西回来了。他去过火车站了，他说。

“你对我真好！”海洛薇兹喃喃自语。几个月来，她一直在休养，他到两条街外的书店里找来英文书念给她听。他给她做饭，给她洗睡裙，帮她梳头，给她化妆。她想起年少往事时，他总愿意安静聆听。他去周六集市买回茶杯茶碟和盘子，还有瓷器，将房间装点得更像是他们自己的家，能买到什么他就买来，贮藏起来。

她看着他给魔术师玩具拧上发条。在她休息的这段日子里，他把这东西买回来给她解闷，直到那天早上她流产了，召来的医生一听说以往的流产经历只能勉强说点什么,同情之情溢于言表。医生确凿地告诉他们,不该再有这种尝试。

"只要你喜欢,那就行,"玩具又停下来时,她说,"是的,当然会挺美的。"

上尉担心她没法从眼下的身心俱疲中恢复,提议去看看意大利那些名城。"隔一阵子出去一趟,"他尽力劝她,"用一星期左右到其他地方转转。"他给她念了买回来的旅游书,吸引她看建筑和雕像、壁画和马赛克的照片。

面对他此刻孜孜不倦的耐心,海洛薇兹答道:"肯定是挺好的,去不同的地方是挺不错。"

她大概也说过,蒙特马莫洛就够不同以往了。鞋店上的小公寓,家里的东西逐渐增多,现在又能开始散步,确有一番宁和在其中。*Cucchiaio*① 的意思是勺子,*seggiola*②是椅子,*finestra*③是窗子,每天早晨,街对面的意大利信贷银行的门房按时打开门,让等候上班的职员走进去,水果和鲜花店里的女人跟她说的话多起来了,她听着圣塞西莉亚教堂的钟声醒来,慰藉她心中苦难的圣人几百年来也慰藉着这座小镇:所有这一切都很安宁,几乎尽如世间可能有的祥和。

魔术师苍白的双手再次抬起,蝴蝶飞出来,又消失,又再出现。从火车站时刻表上抄来的细则——包括最方便的列车车次、选择可去的城市——已被细细研读。

"我们能不能早点开红酒?"海洛薇兹提议,"今晚早一点?"

---

①②③ 这三个词都是意大利文。

9

沙利文先生信守他的诺言，仍然来访。克劳斯比法政牧师[①]从恩尼瑟拉赶来，满意地发现露西在信仰新教的环境中成长。每逢周日，布里吉特和亨利带着她去基劳兰做弥撒，她就在那儿等上半小时，仪式会在绿漆铸铁装饰的小屋里开始，爱尔兰做礼拜的清教小教堂通常是这样。她参加的是基劳兰小镇的周日弥撒，尽管克劳斯比牧师知道主持仪式的是他的助理牧师，但他深感自己应亲自下来看看拉哈黛的情况。

"露西，你有没有时常祷告呢?"克劳斯比牧师有他那种年纪所特有的亲切和蔼、天真的微笑以及花白的头发，他隔着布里吉特端到客厅小桌上的茶具朝她眨眨眼睛。"露西，你能把我主的祷告词念给我听吗?"

① 在清教中，法政牧师(Canon)是主教可依教会传统任命的荣誉职位，职责虽无清楚界定，但其在座堂占一席位之外在征记，正好突出其解释教会神学法规，并保卫教会教义的权威。这是荣誉身份，所以亦曾译作名誉牧师，一般是没有期限的。然而，也有一些教区法政牧师，是指在座堂有特殊职务的圣品人。

“我们的天父，圣荣尽在天堂……”露西开始背诵，一直背到最后。

“好，棒极了。”克劳斯比牧师临走时给了她一本《圣莫妮卡的姑娘们》，暗示着：要不是情形有变，以她的年纪早就应该送去寄宿学校了。毫无疑问，这位牧师认为这个家庭应该早有此意，可后来和阿洛伊修斯·沙利文谈起这个话题，后者却提醒他注意：事情明摆着，没钱让她上寄宿学校。如果露西·高特的父母不回来，她就只能继续在艾沃德的小课堂里接受教育。

此时，爱尔兰动乱之后的平静又被内战所打破。新爱尔兰自由邦像大大小小的村镇、家庭一样分崩离析。为了实现极其美好的意愿，首当其冲的却是极端恶劣的苦果，直到一九二三年五月，暴力冲突才告终，可内战如同噩梦般在人们的回忆中徘徊不去。也就是在五月底，沙利文先生收到钱波女士的来信，提到海洛薇兹·高特的姑妈身体有所好转时已得知她的侄女离开了爱尔兰，现在则衷心希望亲人和解。接着，她又得知海洛薇兹如今下落不明，便坚定心意，指示钱波女士在数家英文报纸上刊登寻人启事。启事见报后，没有接获任何反馈，老人家自然是失望至极。钱波女士写道：就我本人而言，并未心存过高期待，但考虑到夫人年事已高、为此心思不宁，我认为这事儿也应成为我的职责，故而在此请求：若您获悉任何海洛薇兹·高特的消息，敬请尽快告知我处。至于她女儿的所作所为，依然没有让我的雇主知道，想来您也能理解。

沙利文先生读罢长叹一声。他本该说清、却没有说清的是：露西·高特已经自食其果，在他和布里吉特的谈话中、在他自己长时间的观察中，早已确定了这一点。他也很清楚，令拉哈黛的一家之主近乎着魔的悲伤和迷惘毫无成果可言，恰如他也踌躇太久、反复思忖这件事，以至于搅乱了自己的思路。律师先生独居已久，家中只有一位女管家，大多数事情都被他藏进私心最深处，在手下职员面前，偶尔谈及此事也无济于事。

经常在夜里散步的布里吉特发现自己也深有同感，她会失眠，直到瞅着亨利睁开眼睛，便央求他把当初的情景再讲一遍：如何在野草和石块中发现了那袋东西。有一天，那条无名狗突然跑了，谁都没再见过它，布里吉特和亨利觉得这也是那件事的余波之一，反正是冥冥中注定的，不过，他俩都及时地抛弃了这种念头，视其为胡思乱想。

拉哈黛大屋里杂乱无章，就在这期间，乡间大屋的离奇事故传遍四方，成为街坊口中的"大麻烦事儿"——不仅在基劳兰，也传到了克莱席莫尔、芮维勒和恩尼瑟拉的大街小巷。一个小女孩自作孽、酿悲剧，成了大伙儿交头接耳的话题，外来客似乎也认定这是个传奇故事。到这片宁静海滩度假的游客们纷纷聆听此事、继而感到讶异。来这里订购陶器的商人们经由不同商店的不同柜台，口耳相传，把这故事送到了远方的城镇。酒吧里、茶桌上、牌局上的人们乐此不疲地把这件事情描述得绘声绘色。

就像很多旅行者的传奇，越是夸张，越是有人听。结果是东拼西凑、添油加醋、张冠李戴、以讹传讹。拉哈黛事件变得扑朔迷离，故事纠缠到别的大屋故事里，变成了别的家庭的故事：高特家一定曾经把某个仆人送上了绞刑架，违背了人之常情，所以才经历了如此凄惨不幸的创伤；要不然就是傲然自恃，把他们那点儿特权想成理所应当的享受。人们总是人云亦云，渐渐天马行空，种种阻碍传言的微妙细节就此烟消云散。真相固有的余白部分被随意涂抹了色彩，描绘了乌有之事，这都是为了让故事更引人入胜。人们都相信，遭受打击的父母出国旅行其实是去朝圣了，寻求救赎和超脱，至于他们犯下了什么罪过，便是众说纷纭、莫衷一是了。

※

“伟大的约克老公爵，”艾沃德先生的课堂里，孩子们在圣诞晚会上唱起了歌谣，“他有一万个仆人……”

单词拼写表和黑板上挂着气球，艾沃德先生亲手画了国王和王后的肖像，地图被冬青树枝装点得喜气洋洋。孩子们有茶喝，总共十五个人坐在长椅上，围着四张拼在一起的桌子，桌上放着三明治、果子面包，还有洒上了数不清的糖粒的蛋糕。房间里暗下来了。借来的窗帘悬在两扇窗上，艾沃德先生用手指在一张白床单后面比划出一只兔子、一只小鸟，还有一个老头佝偻的身影。

之后，露西沿着海滩走回家，独自一人在越来越浓的夜色里，冬天的海浪在她近旁猛烈不羁地翻涌。她还有希望，如同每次走在海滩上时那样，希望那条狗会回来，会跌跌撞撞地从悬崖上跑下来，一如从前那样一路吠叫着。可是，没有动静，除了被风吹起的东西，只有海风不停地呜咽、海浪不停地拍碎在岩石上。“别靠近我。”伊迪·豪斯福德又说了一次，她们玩“橘子和柠檬”的游戏时，不想被她碰到。

第二部

1

二月的某个清早，一个搬运工在恩尼瑟拉火车站月台扫着地时，突然想起自己被二楼窗户里的人击中肩膀的情形。他会想起这件往事是因为夜里会梦到——梦到他把枪伤给许多人看，梦到他把运动衫左后肩被血染红的痕迹给许多人看，并告诉大家，子弹是如何打穿了肌肉，而没有深扎在胳膊里。在梦里，他的胳膊上又吊上了绷带，走在街上时总能引来老者默许的眼神，他们邀请他喝几杯，真实世界里的那些人也确实总这么干。他们尊敬他，视其为起义人士，尽管他从没有正式加入某个革命组织。"哎呀呀，这种事会落在你头上，真是让人吓一大跳！"一个年老的女乞丐曾这么说，当时她站在费兰的酒吧和杂货店门口。"竟然有人拿枪来对付你！"神甫也在街上对他说过同样的话，当他读书时答错长除法题，或是把乌尔斯特各郡和康诺特省各郡搅和在一起时，神甫总是拧他的后脖梗。他还被人们请进费兰酒吧，为的是让他好好显露一下伤口，吧台里的男人说，他能活下来可真走运。在梦里，这些男人、女叫花子和神甫也都出现了，纷纷抬起眼睛，瞪着他看。

清扫火车站月台垃圾的前一天，他第一次做到这个梦。搬运工觉得这个梦栩栩如生，和多年前引发此梦的亲身经历相比，简直难以分清哪个才是真的。他无法确定自己记住了什么，也在那天早上，他清醒地意识到一种孤独感。那天晚上的同伴们移民去了国外，一个早一点，另一个是最近才走的。他父亲曾经严词拒绝对方，既不接受对伤者的经济赔偿，也不接受道歉，就在一个月前，他父亲去世了。终其一生，他父亲都为此骄傲，因为那事儿过后没多久，那位昔日的英国军官和英国太太就走了——显然是永远不打算回来了。就是这对夫妇，误以为他们的小女孩死了，这简直就像是老天爷对他们的惩罚：铁路搬运工的父亲经常这么说，可当他在梦里时，这事儿却引发了悲凉之感，尽管在现实中这种情绪从未出现过。

二月的天很冷。“候车室的壁炉等着这些煤呢。”有人喊了一句，当小簸箕和笤帚放在了车站货棚里，当候车室壁炉里的煤灰被筛净、火熊熊燃起后，搬运工的不安却依然没有丝毫缓解。在他的梦里，大宅的窗帘从窗户里扑出来，在黑夜里炽热燃烧。还有一个小孩的尸体，生息全无。

那天过去，又迎来了许多天、送走了许多天，认识他的人们渐渐发现，铁路搬运工变成了一个沉默寡言的人，和月台上的旅客闲聊得越来越少，独自恍惚出神的时间倒越来越多。同一个梦——在睡梦中一成不变、活灵活现的梦——继续烦扰着他的夜眠。每当从梦中醒来，他总是难以遏制一股冲动，去数一数那个远离父母的小孩几岁了，当他向他人询问，得到的回答是，她和父母至今也没有重聚过。在他的梦里，投毒喂狗的是他自己；也是他，在他受伤之前，打破了大屋的窗玻璃，还留下汽油桶引人生疑；是他独自一人，单打独斗。有一天下午，用白灰水刷着火车站花台旁的石块时，他看到窗帘炽热地燃烧起来，恰如梦中般清晰的一幕。

到那年年终之前，他就不再干火车站搬运工的活儿了，学了门手艺，当上了粉刷匠。之后，他想过自己为什么想要换工作，一开始并没有想明白。后来，某种直觉开始暗示他，粉刷匠的一天总是忙忙碌碌的，要把许多门和搁脚板漆出木纹，要调油灰、调彩漆，这就避免了冥思苦想的机会。但不幸的是，在这一点上他想错了。

当他拿着喷灯干活、剥去旧漆、刷上新色时，建构现实感演变为一种挣扎，比他干铁路搬运工时更糟。那枪打响之后，他一直受到他人的帮助。同伴们找到了藏匿自行车的角落，在他手臂不方便时帮着他上车。汽油桶仍然是满满的，在匆忙逃离时被弃置在那里。这一切萦绕不去，他明知事实如此，心中却仍波澜起伏。和干搬运工那会儿一样，他一身白色工作服的感觉和以前一样，他需要的是安静的差事，这能为他赢来尊敬，他没有告诉任何人扰乱他心的事情是什么，没有告诉他母亲、老板或任何一个止步在他面前、在他工作时搭茬的人。他就这样谨慎而封闭地活着，让自己相信现实中不会再有比毒死三条狗更恶劣、更让他胆战心惊的甩不掉的事情发生。可是，一次、又接着一次浮现的，是一个小女孩的尸体。

2

从艾沃德先生的学堂毕业后，露西的时间更多了。她开始读书，从休息室的书架开始。全都是些旧书，从她记事以来，早已看熟了那些书脊。可当她把它们打开后，立刻被引入了一个新奇的世界，书本将她带往别的时空，目睹他人的罗曼史和复杂的情感纠葛，领略到不同的人——譬如罗萨·达特和贾尔斯·温特伯恩[①]，也把她带进伦敦的迷雾里、马达加斯加的骄阳下。等她把那些书读得差不多之后，又转向底层平台书柜以及那些不再使用的早餐室里的书橱。

大屋内，曾短暂钉牢的护窗板早已不见了踪影，大家都快忘了那档子事了；盖在家具上的床单很久以前就撤走了，派上了别的用场。她上学、下课、直到毕业时，每天照料露西的仍然是亨利和布里吉特，就和她还是个小娃娃时一样，他们的温情一丝未变。她去牧场散步时，要是奥

---

① 这两个人物分别是狄更斯小说《大卫·科波菲儿》和哈代小说《林中居民》的主人公。

瑞利先生刚好在干活，准会扬手招呼她，这么多年来一直如此。

沙利文先生和克劳斯比牧师也从未怠慢这个孤独的孩子，即便她已经不再是小孩了，他们依然按时来访，给她带来生日礼物、圣诞礼物。作为回赠，他们也总能在圣诞节前亲自挑一只火鸡回家，那些都是亨利养的。

“我只是纳闷，”克劳斯比牧师坦白地说，“这样到底对不对呢？让一个年轻姑娘这么孤孤单单的，住得也偏远，不论去哪儿都有好几英里。”

牧师每次纳闷，引来的反馈都一个样，布里吉特会向他指出：日子就是这么过的。

“她有没有提过，想把日子过成什么样？”克劳斯比牧师固执得很，“她有没有优先考虑什么事情？”

“优先考虑？牧师？”

“比方说，琢磨着去度假，或是别的事？去——唔，不如这么说，想要走出去，看看世界？”

“牧师先生，这儿就是她想看的世界。海滩上没有一块贝壳她不爱。她就是这样的，牧师，一直这样。”

“但那根本不是一码事呀！一个姑娘不该把感情浪费在贝壳上。和她作伴的不应该是贝壳啊。”

“有亨利。有我。”

“哦，当然，那是当然。上帝保佑，布里吉特，有目共睹，你们做得非常好。”

“我不是说那不寻常，先生，不寻常的事不算少。我只是想说，亨利和我都尽力了。”

“那还用说，你们尽力而为了。当然啦。你们俩的所作所为堪称奇迹。没人不夸的。”克劳斯比牧师强调了这层意思，又沉默了片刻。“那么，请告诉我，布里吉特，她还相信他们会回来吗？”

“她从来就没有不信过。她就等着那一天呢。”

“她父亲像她这么大时，我就认识他了。”老牧师又停下不说了。现在，那吞吞吐吐的语气听起来有挫败感，好像不管谈多久，议题都不会有真正的进展。“牧师夫人说，‘埃弗拉德·高特娶得美人归。’。我还没见到高特夫人时，她就已经见过了。她还说，‘那就能弥补不完美之处。’因为埃弗拉德·高特的家人都病逝了，我们都知道。她委婉地提到了这一点，是出于对海洛薇兹·高特的关心。唔，是为他俩好，你不得不这么说。我也得这么说，那是当然。”

“亨利和我——”

“我明白，布里吉特，我都知道。只不过，有些夜里，当我们坐在教区寓所里时，会想起有个年轻姑娘形单影只——或者该说，不尽然是孤单的，当然啦，但她毕竟得独自生活。我们都在期待啊，布里吉特，我们期待着。”

“她开始管蜜蜂了。”

“蜜蜂？”

“以前，上尉在果园里养过蜜蜂。他走了之后，我们都没去费心弄蜂蜜。亨利弄不好蜜蜂，但她又开始管理蜂房了。”

克劳斯比牧师点点头。好吧，这算一件事，他说，有蜜蜂总比什么都没有好。

※

高特上尉和夫人刚刚发现：自己变得很穷。这完全出人意料，在这种时候陷入特别的困境，他们已成为灾难的受害人。悲剧报道不断见诸报端，一则又一则，轻而易举地添补了他们自身的悲哀，报纸越是频繁提及国内纷争，他们的关注也就越多。沙利文先生常常反省：人不在场，就会让推测迷惑了真相，进而迷惑了自己，因为困惑实在难免。“这是我们身在爱尔兰的悲剧。”很多人不止一次听他这么说过，“出于这样那样的原因，我们一次又一次地被迫逃离我们热爱的家园。我们那些了不起的伯爵、失败的爱国人士和那些饥寒交迫的百姓都走了，现在，穷人四处寻找工作。流亡就是我们的生活。”

他不相信会有更多不幸降临到高特上尉夫妇身上，不管是天灾还是人祸。流亡者要在新的地域扎下根，通常需要他们先前不曾有过的觉悟。他从那些回到恩尼瑟拉的流亡者身上观察到了一点，他们心神不安地在这个太小的小镇上，深感现在没了根，尽管他们比以前更开明、更智慧了，可什么地方都不属于他们了。谁能责怪埃弗拉德·高特夫妇呢？他们被极度悲伤打垮了，期望一切能从头开始——在一个万事万物都不复从前的新地方？他回首往昔，深感遗憾的是他雇佣了那个不得力的私家侦探跑遍了瑞士，如今，想拿那笔费用做更有用的事也不可能了。更让他恼火的是，那位钱波女士硬要把寻人启事登在英国报纸上，哪怕他向她确凿地解释：他们苦苦寻觅的那对夫妻显然不可能移居英国，因为英格兰是他们特别抗拒的对象。他强忍着不去想内心已然明了的事实：相比于他曾信誓旦旦说的“一切都会好起来的”，拉哈黛每况愈下的生活反倒显得不那么难堪了。素有职业利落风格的他，如今却对亲手酿成的这番乱局愤恨不已。

※

露西没有多想父母背井离乡的原因，假以时日，她慢慢接受了事态的发展，每当她一瘸一拐走路时，身影就会在镜子里映出来。倘若克劳斯比牧师当面问她，是否想出去看世界，她肯定会回答：生活的性质、宗旨已经全部确定了，清清楚楚地交代在她眼前了。她会说，她要等，并在等待中坚守信念。每个房间都被打扫得干干净净；每把椅子、每张桌子、每尊装饰品都一如先前回忆中的模样。盛满夏花的花瓶，她的蜜蜂，她走在楼梯和平台上，穿过房间、小圆石小径、沙砾上的脚步声，这一切都是她的奉献。她不孤单；有时候她几乎想不起来孤单是什么。“可我很快乐啊。”如果他问她，她肯定会这样对牧师再三保证，“够快乐的了，您知道的。”

牧师夫妇给的礼物，沙利文先生给的礼物——在她二十一岁生日那天又一起送到了。之后，在傍晚和煦的夕阳中，她在苹果园里躺下来，读起新的小说，又是别的年代的作家留下的书。对二十一岁的露西·高特来说，能去造访尼日斐花园[1]中的世界，已经足够了。

---

① 简·奥斯丁小说《傲慢与偏见》中的地名。

3

《圣母圣子图》中的形象没有完全遮掩掉那个英式下午，暮色在十二月积聚沉郁。贝利尼作曲的乐章透着朦胧意象——大理石圆柱和叶影中的大树，蓝色、绿色和猩红长袍，就在其间，有茶具搁在蔷薇木桌上，有雾蒙蒙的窗玻璃，炭火在壁炉里红彤彤地燃烧。一小时前，海洛薇兹在她丈夫的想象中点亮的回忆依然萦绕不去。

那天下午茶时，海洛薇兹的母亲得知自己将开始守寡。他从未见过她，现在却仿佛能亲眼看见她。圣人们聚拢在圣母和她怀中的婴孩以及端庄肃穆的乐手周围。那些影像看似簇拥一处，但每一个又都孤零零的。与此相比，蔷薇木桌面上那封刚到的电报就没那么复杂了，大厅里的钟在报时。“莱蒂史密斯①。”海洛薇兹的母亲说出她父亲战死的地点。

---

① 南非地名。英国人与布尔人开战时的战场之一。

纵有暑气，教堂里却很阴凉，上光漆的气味从圣器保管人忙碌的地方飘来。圣水杯几乎是空的，外面的台阶上有个跛子在乞讨。“不，请让我来。”海洛薇兹央求着，在手袋里翻找起来，然后一枚硬币掉落在那只伸出来的手掌里。

他们走过一条不见阳光的小巷，走得很慢，不情愿再次暴露在下午的阳光中。他在心里算，那次下午茶时，她应该有十六岁了。

“为什么你对我这么好，埃弗拉德？为什么你这么听从我的话？”

“或许因为我爱你。”

“我希望我变得更坚强。”

他没说她曾经很坚强，也没答什么让她安心的话。他不知道该说什么。他做不到，当她遥远的少时记忆被唤起，以贡献出新的话题时，他自己反倒说起当兵时的事，把以前说过的事更加巨细无靡地描摹一遍，谈起了自己在那场不激烈的战役中短暂率领过的士兵。

在里瓦，他们点了咖啡。咖啡还没上来时，他听到她说起姑母的家常里短，等她长大一点后，那里就成了孤儿的避难所。“他们不再是小男孩了。”他自言自语，又说出他率领的士兵们的名字，“他们的脸庞常常浮现在我眼前。”

他看着她纤长的手指夹起一块糖，放进咖啡杯里，一块，又一块。那让他愉快；那么愉快，可他想知道是为什么。好吧，那很真实，他这样回答自己；这种琐事打断了费力维持的空洞交谈，或许，这样才最能让人宽慰吧。他给拉哈黛写过信。在信中表露了对家仆们——现在已然是财产保管人的关切，也问起了黑白花奶牛群和大屋的近况。他写了不止一封，可每当邮递员要来时，他都退缩了。信若寄出，就会有回信，势必也要偷偷摸摸地收下，一段秘密的通信往来就此开始，其结果无非是打破多年伉俪间坚定的信任感。他把那些信都藏起来了，信封上贴好了邮票。近乎欺骗的事，他只能做到这一步。

“瞧，多美啊！”她说。

他们的座位旁，贡多拉小船驶来，再驶向水中的浮台。更远处，一艘汽船正慢慢地从海口滑进运河。一条狗在工用小船甲板上拼命地叫着。

最热的时段过去了，他们到扎特雷[①]散步。他们要了一条船去久德卡岛。晚上，圣约伯教堂里会有布道宣讲。接着，花神酒吧里会演奏华尔兹。

那天晚上，在布琴托罗旅店里，等丈夫睡着，海洛薇兹睁开眼睛躺在他身边。神圣的画像再次浮现于脑海，连同所有已被说尽的话，她对自己说，我曾是多么富有啊！今晚她不觉得匮乏，这一整天滋养了欢欣的情绪，她决心要借此攫住勇气，明天清早就要坦白地忏悔：说这位慷慨的丈夫对她很好还远远不够，说他耐心聆听她少女时代的回忆也远远不够。“我们好像在扮演死人。”他曾有一次如此婉转地表达异议，而她始终无法解释为什么她老想忘记那件事。但到了清早，她会表现得更好。她分明能听到自己在道歉，并谈起那一切——她不想谈论的事情；闭上眼睛前，她发现自己轻描淡写地说出了那些话。她睡过去，几分钟后又醒来，却发现心里有个声音在说：没法那样去谈。便再次明白自己是真的做不到。

---

① 威尼斯城区一地名。

4

亨利点上一根忍冬牌香烟，顺手扔掉火柴。他从大院入口的拱门下望见一辆车向这里驶来——四轮小车，折叠座椅，绿色油漆，一尊小福神安在散热器上，车盖中央高、两边低，车牌上写着 IF19。敞篷车盖放下来了。

他先是听到汽车驶来的声音，再听到粗粝的沙砾在轮子下嘎吱嘎吱的摩擦声。他先想到的是克劳斯比牧师又来了，要不就是终于有了好消息，足以让律师驱车赶来。但他听到的喊声——略表歉意——既不是牧师也不是律师的。露西从大屋子里走出来，每当有汽车抵达时她都这样做。“你是谁？”现在她发问了，驾驶小车的人又说了一遍抱歉，然后关掉了引擎，以免她听不到他说话。

他很年轻，没有穿外套。当他迈出车门时，亨利能看到他法兰绒裤子上的一条带饰，绿色、棕色和紫色的条纹被拉扯得紧紧的，还打了结。亨利从没见过他。

“我不知道这里有栋大宅。”

“你是谁?”露西又问了一遍,得到的回答是个陌生的名字,亨利从没听说过。露西轻轻摇摇头,表示她也对此闻所未闻。

亨利靠在拱门墙上,忍冬香烟盒仍在手里,突然想起以前常有访客时的光景,除了律师和牧师,还有很多人拜访此地——从铃维拉来的人和莫瑞尔家、恩尼瑟拉和卡波奎来的人,还有从克隆梅尔远道而来的客人。夏日来此开派对的人挎着野餐篮一路穿过田野走到海滩,孩子们在果园、花园里嬉闹。罗切夫人、罗切上尉从蒙娜特瑞来,还有艾绪家的三姐妹,还有克罗恩老夫人,她那个轻浮的中年女儿曾在一次聚会中吻了上尉。自从一九二零年冬天以后,亨利再也没见过这些人,现在倒想起来了。这个年轻人会不会是其中谁家的孩子,已经长大了?哪怕他口口声声说不知道林荫道的尽头会冒出来一栋大房子?

几分钟后,布里吉特到亨利干木工的外屋说:“她要请他喝茶。”并让亨利快去把凉亭里的茶桌布置好,桌子就安放在开满绣球花的草坪上。一片红晕浮上布里吉特的脸颊,亨利也记起来了,在过去,布里吉特所说的“社交”就会引起这种兴奋的神色。

他拂去桌板上的尘土和蛛网,又用抹布擦了一遍。再拿了两把漆成白色的铁椅放在草地上擦干净,那些白椅子倚墙摆放已久,有些接缝处已经断裂,深蓝色的绣球花瓣凋落在上面。得留心铁制品生锈的地方,椅子也该重新漆一遍了。最近就把这事儿办了吧,虽然亨利下了番决心,但心里却清楚自己不会真的去办。

※

“看起来不像是庄园外的林荫大道,”拉尔夫说,“守门小屋上了锁。”

他没有注意到入口处的绿漆大门褪色了，视线被杂乱的荨麻叶丛、凋零的峨参遮蔽了。他一路行驶在天蓬般的树冠密影下，陡然望见一栋石头大宅在前方。

“你去的是拉哈黛。”赖夫人说，“那位小姐就是露西·高特。”

走出大屋的小姐没有说自己的姓名。在板条桌上铺好台布的妇人在静寂无声中摆好了茶杯、茶盘、奶壶和茶壶，还有褐麦面包、黄油和蜂蜜罐。她那大大的木托盘四周有隆起的边缘，白瓷把手。茶倒好后，那妇人又返回了一次，看看各方面情况是否妥当，随后又来了一次，送来夹着葡萄干的苏打面包。

“IF 19 开着还舒坦吗？”赖先生问道，拉尔夫便说那天下午借用的汽车很好用。“您真是太客气了。”感激之情早已再三表达。

“你需要放次长假，离开那些男孩。”

赖先生登出招聘广告，招聘一位家庭教师在两个月的暑假里照管他的两个儿子，因为根据学前预备测试报告，他俩在各个学科上都很落后。于是，拉尔夫，尚未决定未来人生有何宏图的闲人，便在这个夏天走进了爱尔兰银行办公室楼上的这户人家，赖先生正是恩尼瑟拉的银行经理人。

赖先生身材矮小，留着精致的小胡子，他的太太却刚好相反，无论就哪个方面来说都是。赖夫人毫无节制地越来越肥，不仅放任自己，对他人也从不苛责批判；她心宽体胖，待人接物一向慷慨宽容。一对宝贝儿子不求上进，却困扰不到她。担忧，是她丈夫的职责范畴，她还自有一番论调，隐约暗示：忧心忡忡恰是他的享受之一。

九点过半，赖家装饰精美的餐厅里，夜色越来越浓重。庞大的装饰板上有缠绕的繁复花蔓，华美的高脚柜上也有同样奢侈的线条。一整套餐椅和玫瑰色人造革沙发、手扶椅搭配得当。花卉图案的墙纸上映衬出尚未拉合的锦缎窗帘的影子，网眼纱帘则始终贴着玻璃。长窗顶部的玻璃外有蓝色遮阳板，悬挂着缨穗，将日光遮蔽成朦胧的暗影。

巨大的桃花心木餐桌上摆放着宵夜零食，因为，无论是几点，赖夫人都不希望有人饿着肚皮。吊顶的油灯要用上下滑绳起落，现在尚未点亮，灯下放着奶油饼干、高地奶酪、蛋糕和夹心白兰地小点心。一小时前，两个男孩被打发上床了，他们喝剩的可可还在杯子里，现在已经凉透了，仍旧放在桌子上。

"我猜想，你还不知道吧。"赖夫人说，"关于拉哈黛的事。"

金发蓝眼的拉尔夫算得上英俊，五官轮廓分明，当赖家夫妇你一言我一语地讲起那个故事时，他听得很仔细。赖先生注重事实的精确度，赖夫人则情感充沛。

"你会发现，小镇上总有人谈起此事。"当事件叙述告一段落时，赖先生补充了一句。

他的妻子递来一块奶油饼干，附和道："我听说她出落成了美女。"

露西·高特微笑时，会出现一只酒窝，笑意里便平添了几分淘气。她的鼻梁上有几点雀斑，她的双眸是淡淡的天蓝色，她的长发像麦子一样泛着淡黄的光泽。拉尔夫驾驶雇主的小车回来时，一路想着这些，当他听闻这段轶事时，她的形象又栩栩如生地浮现在心头。

"他们也联系了我，"赖先生说，"高特上尉和高特夫人行踪不明的时候。当时他还有希望和这里保持联系，可他没有理由主动来联系，显然也没有他的只言片语传来。这实在是最悲情的事啊。"

赖先生放下滑绳，拿起玻璃灯罩，点亮了灯芯。赖夫人掸去掉落在胸部的饼干屑，再起身离座，放下了百叶窗。

“你会说她很漂亮吗？”她问，“或者，她真的很美丽？拉尔夫，你觉得露西·高特漂亮吗？”

拉尔夫说，他觉得她漂亮。

※

那一整个夏天，露西·高特都很漂亮。穿朴素的白裙子就很美，不带任何珠宝的耳环被阳光照出闪亮的银色光点。耳环大概都是她母亲的，赖夫人这样说，裙子大概也是；它们全都在匆忙的启程中被留在了大屋。

花园里的山毛榉铺开宽大的叶冠，树荫下，每当他那两个学生开起小差、对拉尔夫想要教他们的课程置若罔闻时，少女便会浮上心头，他根本没想过那儿会有一座大宅，可她从里面翩然而出，每个清晨、每个昏昏欲睡的午后都搅得他心驰神迷。恍惚中，他隐约听到奇代尔在嘟囔动词变位法则，并假装没看到杰克正在练习本的内封页上画小动物，拉尔夫有时都不敢贸然开口，生怕——愚不可及的可能性也会存在——他一开口就会描述露西·高特微笑中的矜持凝视，还有她端坐的身影，双手紧扣、搭在膝头，她静静的，就像大理石雕像。在他羞于启齿的回忆中，她为他俩倒好茶，说，不常有人因这种误会而上门拜访。

“有条河叫阿勒河，流经埃杜维和赛卡尼，汇入罗纳河。”拉尔夫慢吞吞地在银行花园里重复着，“奇代尔，*Est flumen* 的意思是：有条河。*Quodinfluit per fines*[①] 就是说流经什么区域。明白了吗，奇代尔？”

---

① 拉丁语。

这段释文出自《伊莱斯博士的古典主义要旨》，那天清早，拉尔夫躺在床上精读过此书。

"*Aeduorum et Sequanorum* 就是说阿勒河和赛卡尼。奇代尔，听明白了吗？"

"听明白了。"

"好，看看你能不能翻译这句：*incredibili lenitate, ita ut non posit judicari oculis in utram partem fluat*。"

杰克已把等边三角形画成了一只狼蛛。拉尔夫又画了一个三角形，给三条边标上 A, B, C。两个男孩都歪戴着白帽子，因为这天早上的太阳挺猛的。

"该你了，杰克。"拉尔夫说。

每周三，恩尼瑟拉小镇普遍放半天假，他也是。赖先生继续借他使用小汽车，心想，万一这次他为儿子们找到的家教烦透了逼仄无趣的小镇生活，搞不好就像去年那个那样，会一走了之。拉尔夫开车去了杜伽万，散了会儿步，又开去卡波奎，又散了会儿步，再驱车前往巴利考登、殉教者古堡和里斯莫。他没回去找海崖边上的那栋大屋。他没有受到邀请。

"AB 和 AC 是什么，杰克？"

"是字母表里的字母。"

"我是说，你刚刚画下来的这些线条是什么意思。三角形的边？"

杰克用脚趾戳了戳赖家那几条西班牙猎狗嚼个不停的棍子。他只是轻轻地踢了一下，保证棍子始终在他够得着的地方。

"是画得很好的直线。"他说。

"那你知道三个夹角 A, B, C 是什么吗，杰克？"

“是画得很好的——”

“三条边一样长。杰克，这就告诉我们，三个角是——?”

杰克苦思冥想了一会儿，又想了一会儿，再闷头想了一会儿。

“这个东西，*lenitate*，是长的意思吗?”奇代尔问，“一条非常长的河流，对不对?”

“*incredibili lenitate*，不可思议的平滑。”

“我的脑袋都大了。”杰克说。

女仆戴普娜走过草坪，端着拉尔夫的早午茶和饼干。两个男孩一看见她就跳了起来。

“这才是阿勒河域和赛卡尼人最有趣的一点。”兄弟俩跑走之前，奇代尔彬彬有礼地说了一句。

周三晚上，赖家夫妇总会问拉尔夫，下午开车去了哪儿。他意识到，当他把那些村镇的名字一一报过之后，他们略带失望。他觉得，很明显，赖家夫妇希望他能再次造访拉哈黛，就算没接到邀请也无所谓。他能感觉到，赖夫人的心头甚至在盘算，这件事关乎年轻家教能否留下来完成对兄弟俩的家教；而且，赖夫人更为多愁善感地认定那个孤零零的姑娘至少能有这位年轻人作伴。可是，难道就能事出无名地驱车驶向林荫大道吗？他到底怎么才能假定这是一段友谊的开端？对方从未有过这种表示。

又到周三了，这次，拉尔夫确实开到了林荫大道的尽头，开到了无人留守的门卫小屋、掩在夏季草丛中的大门前。他减了速，但没有开进去。相反，他继续顺着大道走，最终发现了一条路直达海边，他便在阳光下跳进海里游泳，躺在沙滩上。鹅卵石铺成的滩岸上，一个人影都看不到，海水冲刷的细沙上，只有他光脚的足印轻描淡写。没有一丝动静干扰他的独处，远处形如伸向大海的手指的礁石上也没有出现过任何身影。开车回去时，他又发现自己面对林荫道和守门小屋。他等了等，但没有人出现。

不是周三的日子里，拉尔夫每个晚上都沿着恩尼瑟拉镇上的主街走一遍，时不时停下脚步，打量玻璃窗内的店家，挂在麦克梅内米店铺外的肉也能消磨一些时光，多姆维尔织物店里有穿着衣服的模特，还有欧哈根杂货店、温馨之家杂货店和科洛尼亚杂货店……数不胜数的玻璃蒸馏瓶，装着红红绿绿的液体，那是西百利药房的特色；各色家具拥挤在 P. K 盖切尔的拍卖行里——床、衣橱、桌椅、抽屉柜，写字台和画框。放映室的陈列柜里，从电影里截取的图景每周更换三次。

拉尔夫在中央酒店的酒吧里看报：《爱尔兰时报》、《科克检查者》。他走过旺季小旅店旁边那矮墩墩的灯塔和火车站，那些旅店的名字各式各样：太平洋、大西洋、米德小姐、桑斯索兹。他在步行大道上漫无目的地闲逛，身边满是调教家犬的夫妇们、修女们、牧师们和基督教徒。女修道院里出来的女孩们凑在黄蓝相间的室外音乐台旁，喋喋不休地闲聊，要不就是坐在海边堤岸上，轻轻晃动悬空的腿脚。

有时候，他走过科克路上的军营，再走到那后面很远，径直走入乡间。有时候，他会到小镇下区街巷走走，探究那些不算高尚的地段：小孩光着脚到处跑，披着披肩的妇人在乞讨，男人们在街角玩掷铜板游戏，脏衣服里透着穷酸气。沿着河边小道，能走到清教教堂，毗邻天鹅们的安居之所——这个小镇正是因这些天鹅而得名。有天晚上，拉尔夫在教堂外的墓地里遇到一位上了年纪的教士，教士伸出了一只手。

“您是爱尔兰银行男孩的老师。”他一边伸手，一边说，“我是克劳斯比牧师。”

遇到这样的情况，拉尔夫稍有吃惊，但依然笑吟吟地握住了那只手。他曾经听过克劳斯比牧师的布道，每当赖家夫妇谁也腾不出空时，陪同两个男孩去周日清晨的弥撒就成了拉尔夫的职责。

“我会尽力教他们。”他说着，并报上了自己的姓名。

“噢！我确信你一定会好好干的，拉尔夫。我刚好在想，你是不是从威克斯福德郡来的？”

“是的。”

“很多年前，我曾在葛瑞担当助理牧师。威克斯福德郡可真有意思啊！”

“是的。”

“与众不同，自得其乐。”

拉尔夫又露出了微笑，不知道这话是什么意思。克劳斯比牧师接着说：“我听说，你已经去过拉哈黛了。”

“我偶然开车经过那里。赖先生十分慷慨地允许我借用他的汽车。”

“再慷慨不过啦。还娶了一位最慷慨的太太，打着灯笼都难找到的夫人啊。”克劳斯比牧师停顿片刻，又说，“您遇见露西·高特了，我也听说了。”

“是的，我见到了。”

“那就再好不过啦！拉尔夫，得知您去拜访，我真是高兴极了。牧师夫人也高兴得无以复加。我们的欣喜是同样的。”

克劳斯比牧师举止彬彬有礼，那只手友好地搭在拉尔夫的肩头，他热切地频频点头，这令拉尔夫涨红了脸，红晕一旦泛起，便一发不可收拾。这番对谈仿佛话中有话，与其说对方在暗示什么，不如说是拉尔夫满心期望在假想。

“露西·高特能有一位夏季伴侣，真该感谢上帝创造的奇迹啊。”

“我只去过一次。”

“如果我们得知您将二度前往，那就太让人高兴了！说到高兴——噢，是的，我知道——露西也会高兴的。”

“实际上，我并没有受到再度拜访的邀请。”

“关于这一点，拉尔夫，你尽管放心就是，想去就去。我向您保证，拉尔夫，这儿不像威克斯福德，繁文缛节要少得多。我猜想您也认识富恩斯教长吧？”

“恐怕不认识。”

“好吧，没关系。在这里，我们的态度更轻松些。众所周知，我们不太能忍受正经仪式。在社交方面。”克劳斯比牧师突然又以严肃的口吻加上一句，“不善交际的冷漠人士，在我们这里可吃不开。完全没有立足之地。”

“实际上，”拉尔夫想辩驳什么，“我不是——”

“孩子啊，你当然不是。我打心眼里就能看出来。牧师夫人也能看出来。您散步时，有没有经过沙利文先生那儿？”

“沙利文？”

“沙利文和佩得罗？律师事务所，誓约委托执行者？”

拉尔夫摇摇头。

“沙利文先生满世界追寻高特上尉夫妇的下落。与此同时，沙利文先生还费心留意其它事宜。他很关照露西。为了让露西生活康宁，衣食无忧，他一直利用他的私人时间，抛开所有公事，也关心大屋的维修改建。他无法多做什么贡献，因为留下的钱早已用尽。一些田地，养着牛羊，从外表来看，那仍是高特家族世世代代安逸度日的标志。其实拉哈黛的日子很艰难，是因为沙利文先生一手操办才能勉强维持至今。我必须告诉沙利文先生——我曾在街上把他拦下来，就为了说这话——他真是个好人。他的回答是，他在拉哈黛享用了很多次晚餐——那都是上尉走之前的事情，甚至更早——如果他们旅行归来，回到黑漆漆的家园，一定心酸难熬。他的善心不求回报，拉尔夫，他说那只是在报答上尉夫妇的礼遇。”

拉尔夫点点头。脸颊的红晕已经退散。他有点想告辞，却又不知该怎么体面地说才好。

“你去了拉哈黛，如同传到我这儿，这事儿也传到沙利文先生耳朵里了。就像牧师夫人和我本人为此愉悦一样，这也给沙利文先生带去了欢欣。我们已经感恩了，衷心感谢上帝赐福。”

“那天我只是误入了林荫大道。”

“那就再误入一次嘛，拉尔夫。我恳请您再一次误入拉哈黛。我恳请您能多陪陪那位年轻的小姐，她长这么大，一直缺乏同龄人的陪伴。我恳请您，不要漠视那些理应去做的事情。我真诚地恳求您了。拉尔夫，再去一次吧，去那栋孤独的大屋。”

说完这些夸张有余的排比句，克劳斯比牧师又握了握拉尔夫的手，便自顾自走开了。

※

手写体看似完美得离奇，弯曲的连笔风雅而流畅——露西・高特的信笺终于到来了。那个名字，拉尔夫那么秘密珍爱的名字，用和信中文词一样的倾斜体写在信末。不是世间所有诗人都能捕捉到那个确定的名字所蕴含的潜能，对此，拉尔夫非常确信。世间所有诗篇也无法反映他在山毛榉的树干下教授学生时所感到的微妙的喜悦。“噢，今天我们只是读读书。”这封信抵达的早上，他宣布这个决定，也一直在微笑，并大声朗读《无名氏日记》，任由奇代尔打瞌睡，杰克画怪兽。

早中午的茶点送到了，男孩们跑得没影了，他还有这封信可供细读慢品，此刻他的动作不疾不徐，近乎奢侈，慢慢地把它从口袋里取出来，慢慢地展开信笺，树影斑斑落在白色信纸和蓝色墨水上。信封被单独放好，此刻，也被他细细查看。哪怕固执的羞怯始终是他最鲜明的特点，克劳斯比牧师的恳求、赖家夫妇未曾说出口的希希，如今也不会再困扰拉尔夫了。况且，光是凝视那些简短的词句以及那个名字是如何写就的，就足以让他心怀喜悦。那几个小时里，万事万物都好像不同了。

> 在您永远离开此地之前，请作客我家，道一个别。再来喝杯茶。如果您愿意的话。露西·高特。

没有别的了，下面只写了地址和日期。一九三六年八月五日。

5

露西·高特的信送达爱尔兰银行上层宅邸的那天，拉尔夫时常散步经过的军队兵营里进行了一次新的征兵。那时，主管此事的长官看到一个神情恍惚的高个儿青年，黑眼睛熠熠闪光，目光灼烈，尤其让人过目难忘。这给长官留下的第一印象是，年轻人饱受困扰，但检查结果确认他的精神状态没有任何问题，面试中的举止也可谓得当，在证明他配得起那身军装之后，长官在列明姓名、年龄、服役年限的明细文件上盖了章。打字机打出的名字有拼写错误，这位新征入伍的年轻人指出后，长官在错误之处划上两道横线，再写下正确的名字：荷瑞翰。

后来，在列队行走用的练兵场上，这位新兵独自站在一旁。他四顾周围，看远处的小屋，看公共厕所，看手球场的高墙，再看闲散在角落里的士兵们。他参军是期待军事化的严格纪律、嘈杂的集体生活、脚踏实地的拉练和健康的疲惫，相比于独自在室内刷油漆或在铁路车站搬运行李那些秉性孤独的活儿，这对他的烦恼更有帮助。他至今仍和母亲住在一起，当他说出自己的打算后，老母亲哭湿了双眼。当他还在火车站当搬运工时，她便心甘情愿地顺从他的任何改变。尽管他变了许多——或许，她时常这样想，他始终是个好儿子，过着洁净的生活，随着时光的推移，变得越发井井有条。突然，他有了参军入伍的念头，这无疑是最让她悲伤、也最让她震惊的事情。她担心兵戎生涯会给他带去生命危险，那毕竟是参军打仗最自然的结果。她想了很多，认为她的儿子不适合在那些军人面前展示自己。

练兵场上，新兵问了站在兵营小礼拜堂附近的老兵们一个问题。那些人正抽着烟，闲着没事，束腰制服的领口扣都松开了。若是看到一张生面孔，军营里的惯例便是要捉弄一番，于是，那些老兵给他指了一个错误的方向，而他则很快发现自己最终走到了一个在地上挖出的大洞前，军营里的垃圾在里面堆得半满。苍蝇嗡嗡地围着垃圾飞，一条黑白相间的杂种狗在罐头和碎骨间扎了脚跟。新兵朝左右看看。他正站在军营的外墙边，与外界相隔之处满是海报和铁丝网，他便返身沿着来路走回去。他没有问第二次路，一路上远远看着屋顶上的黑色十字架，倒是很顺利地走回了小礼拜堂。

那地方空着没人，清漆刷过的黄色长凳在一条一条的阳光下显得挺华丽。新兵把手指尖浸入圣水盆里，再用同一只手划了十字，以这个方式向圣坛贡献了挚爱诚意。接着，他发现了自己方才寻找的东西，圣母玛丽亚的石膏像，前头有一支蜡烛燃着。他跪下来祈求，他愿报效祖国，以使心灵重获平静，就算某种回报或奖赏，还有，让那些夜夜折磨他、白昼里也阴魂不散的顽固的噩梦能够消停。他恳请圣母聆听他、赐福他，他倾诉虔诚之心，央求她恩允与他的盟约。他结束了祈祷，礼拜堂内万籁俱寂；不论他在哪里祈愿，之后都会有这样的沉寂。

“说什么呢?”那天,有个士兵这样问他,但新兵否认了他说的话,尽管他清楚自己说了什么。

“你说了什么,哥们?”

“这种裤子会让你的腿一直发痒吗?”

“你说的不是这个。”

他知道他说的不是这句话,但他说过的,现在已经消失无踪了、找不回来了,因为他自己也不知道说了什么。不久以前,他漆完了精神病院光滑砖墙上的窗框,也和里面的病友相熟了。他属于那里,和他们在一起,早晚有一天,他会分享他们被严格限制的生活——这才是他永远恐惧的事情。

6

院子里的几条狗听到远处传来的车声，大叫起来。它们从梨树下热烘烘的鹅卵石狗窝里大步跑出来，又在亨利的命令下跑了回去，他知道今天下午会有一位访客，也知道访客是谁。拱形围墙隔开院落和大屋前的空地，他就在墙根看着几条狗顺从他的手势回了窝，再转身靠着墙，等着那辆车再次驶来。他想抽根烟，便抽了。

布里吉特告诉他，之前来过的那个青年要再次造访，亨利听罢，什么也没说。他的冷淡态度多年未变，每当有什么新鲜事传到他耳朵里，他总是选择不置一词，他太太似乎也不以为意了。有时候，这种沉默寡言表示亨利脑海中的思绪在奔腾；有时候，又掩盖了他不希望展露的心迹。当他听说拉尔夫将再次造访的消息时，沉默表示的是后者。

他抬起左手，挥手致敬，回应了拉尔夫的问候。右手则把火柴和忍冬烟盒放回了裤袋。IF 19，他注意到了，前一次也注意到了。一辆大大的老雷诺。

前几个周日，在基劳兰做完弥撒之后，亨利打探了这辆车的来历。他问一个在路边干活的人，那人说这辆车是赖先生的，每周一次坐这车从恩尼瑟拉出发到爱尔兰银行附属办公室所在的杜伽万。那这个年轻人怎么会开这辆车呢？他看起来明明就不是本地人。那工人也不明就里。布里吉特在那青年上次逗留时偷听到只言片语，说他好像是个老师，但她听得零零碎碎的，拼凑不出什么来。

“他到了。”亨利去了厨房，说完，发现他太太有多高兴，他自己就有多不高兴。

“是这么回事儿，他在教赖家两兄弟，”布里吉特说，“她今儿早上告诉我的。他就待在银行里。”

“也就是说，没过多久，他从哪儿来的，就得回哪儿去？”

“所以她才写了封信给他，要他走之前再来一次。”

“他看起来挺随便的。”

“啊呀，他是个英俊的小伙子。”

“我不知道他还算英俊。”

布里吉特很明白，和他的异议较真儿是没用的。于是，她反而说，“她又搬来一罐蜂蜜，为了他们的下午茶准备的。”

“我去把外面的桌椅放好。”

亨利搬着板条桌穿过沙砾空地时，年轻人在等待，靠在汽车的门边。像上次那样，他把桌子支开，放在开满绣球花的草地上，再放好两把白漆椅子，同样是上次的椅子。返回花园，他走过年轻人身边时说：“您打英格兰过来的吗，先生？”

“我住在恩尼斯科西附近。我从没去过英格兰。”

亨利不情不愿地点点头，表示赞同，又朝赖先生的车歪歪头：“哦，您为什么亲自开车来啊？这车挺灵便的，是不？”

“我不开快车。”

“挡泥板上只有几个小黑点，就那么点瑕疵。我上一次就注意到了，这车保养得不错。”

“是的。”

“看到保养得好好的东西，你总会喜欢的。我自己会把双轮马车照料好。几年前，还把那辆旧的狗拉车漆了一下，可它还是一样摇摇晃晃。”

驾驶座的玻璃敞开着，他能看到座位上的绿色装饰软垫。车盖的插栓没有扣紧，折合着，他也能观察到引擎。亨利面带赞赏地晃晃脑袋。这车保准很值钱，他说。

“是赖先生的。”

“前些天我听到你的车在门口停了停。瞧，小姐出来见你了。”

亨利慢吞吞地走远了。他和他谈论了车，这让他感觉好多了。他注意着两人的对话，一言一语，每个回合都结结巴巴，紧紧张张。年轻人在道歉，说自己早到了，他得到的回答是，没关系的。

※

“我想过，您大概已经走了。”露西说，“我以为您收不到我的信了。”

“我还要在恩尼瑟拉待几个星期。”

“您收到信了，我很高兴。”

我将于周三拜访您，拉尔夫写下回复，着急万分地想赶上晚班邮件发送。那之后，过去了六天，每一天他都在幻想此刻将会发生什么。当凯撒的高卢战役在纸面上打响、几何搅得杰克迷迷糊糊时，拉尔夫却在畅想：她会不会和上次一样露出那种微笑，虽说不该有沉默，但一旦滋生，那笑容便可化解。这一次，她会不会对他讲——自从他们上次相遇之后，别人告诉他的那些往事？听他讲自己的事，她会不会觉得闷？关于他在寄宿学校里的那些朋友？关于他有朝一日将继承的家业：木料场和锯木厂？这些能否引起她的兴趣？正如她的一点一滴都引起他的好奇？

"我养蜂。"她说，"上次有没有告诉你？"

"没有，你没说。"

"我甚至没有告诉你我的名字。但你现在已经知道了。"

"是啊，我知道了。"

"你可能听说过高特家。"

"哦，没听说什么。"

否认风言风语似乎很自然。其实他愿意谈论恩尼瑟拉家喻户晓的那件事，倒不是说那激发了他内心的隐情，只因那件事增强了他们间的共鸣。但那是不可能的，因为她根本不知道他的隐情是什么。他甚至不会主动说出来：自己仍未从童年的阴影里走出来，因而非常理解她孩提时的心绪：硬要她放弃明明深爱的事物，而她毫无能力反抗。他试想当年，清晰地看到她的模样——她准是那样儿的，并想起自己无依无靠地在寄宿学校里，大人们曾向他保证，他在那里会很快活，他的枕头浸满了泪水，他们从家里把他硬拖出来，仿佛他背叛了貌似天堂的家园，只因他欠缺应该对家抱有的挚爱。夜色里，母亲说晚安时的拥抱是多么慈祥啊，父亲的木料工场里传来的有节奏的声响是多么好听啊，他的小卧室里旺旺的壁炉是多么让人快活啊，楼梯上铺的地毯走起来又是那么柔软！如同幻象破灭，围绕他的只是寄宿学校的凄苦景况：处处谈论着各式各样的困苦，寒冷，不听话就要受罚；一次又一次喝下烧出焦味的晨粥；一次又一次吞下发臭的卷心菜汤。

他们还站在车旁，沉默就好像要泛滥起来，拉尔夫想说，他很明白童年时会遭受怎样的诱惑和谎言，也明白他童年的经历与她依然在受的苦相比根本不值一提。他相信，自己爱上了这个女孩，他的共鸣就是爱情的一部分，也和他的爱一样很虚弱。

“您愿意去看看蜂房吗？”

她穿了一条白裙子，和上次的不同，袖子半垂在她的手臂上，领子也和上次那件不一样。她的项链上串着小珍珠，或是酷似珍珠的装饰品。

“愿意，请带我观赏吧。”说着，两人一起沿着宽宽的拱廊走进院落，再穿过院落走进果园。一条牧羊犬慢吞吞地跟在他们后头，另一条懒洋洋地趴在梨树下。

“巴斯美人，”她给尚未成熟的苹果取了名字，小苹果一串串吊在粗大弯曲的枝条下。“凯利苹。乔治洞。”她用手指着一整排蜂箱，不想让他再走近。

“真漂亮啊，这果园。”他说。

“是啊，很美。”

他们穿过果园，走进一个疏于打理的花园，玻璃花房倒了，悬钩子长得到处都是。他们绕了一圈，从大屋另一边走出来，又回到刚刚走进时看到的栏杆。

“我们可以散个步吗？”

拉尔夫听她这么说时，心头记起她叫露西。第一次陪伴露西。露西·高特。他看过这个名字的手写体，她的签名。别的名字大概都不会这么衬她。

“好的，当然可以。”

他们走过一片牧场，又走过一片，接着沿着种土豆的田边走。

“奥瑞利家的。”她说。

她带路，走下海崖，海鸥在滩砾尽头有如着魔般慢悠悠地走在光滑、湿润的沙地上。海草被浪潮带上了岸。贝壳陷在沙地里隐约冒出尖角。她说道：“‘这姑娘是跛子！’你肯定这么想。”

“我没有这么想。”

“你之前就注意到了，这是当然的事。”

“别人不会注意的。”

“每个人都会注意到。”

她的跛足让她更像她，他想。他知道她是怎么跛的。赖夫人问起时，他说那一点儿也不难看。他现在也想这么说，但羞怯让他闭口不言。

“那儿是基劳兰。”她指着远方的码头、码头背后的民宅，手指尽力朝远处伸出去，那么纤细、精致，他真想抓牢那只手，握在自己手里。

“我想我去过那儿。”

“我到基劳兰去上学。我们的教堂是个简陋的小屋。”

“我想我看到过。”

“我从没去过恩尼瑟拉。”

“你不喜欢恩尼瑟拉吗？”

“没有理由让我去。”

“我还以为我能在大街上见到你呢，可是没见到。”

“你在恩尼瑟拉做什么？你住的地方什么模样？”

他把银行大堂上面的宅邸描述了一遍。他谈起晚上没事就去大街小巷闲逛，常常坐在室外音乐台或空无一人的中央酒店酒吧里看报纸，要不就是在公众散步的广场。

“假如我邀请您再来喝茶，您会介意吗？是不是很闷？”

“我当然不会介意。而且，当然一点儿也不闷。”

“为什么说‘当然’，拉尔夫？”

这是她第一次叫他拉尔夫。他想听她再叫一遍。他想永远待在这片滩砾上，因为这里只有他们俩。

“因为我的感觉就是如此。怎么可能感到闷呢。我真的很开心，接到你的信。”

“你什么时候走？几个星期？”

“三个星期，然后两个男孩要回学校去了。”

“他们什么样儿？男孩？”

“哦，他们挺好的。我不是正牌老师，问题就在这里。”

“那你真正做什么？”

“什么也不做，真的。”

“哦！你不可能什么也不做。”

“我父亲有一家锯木工场。以后，早晚，我会继承下来。唔，我想是这样。”

“你不想继承吗？”

“我没别的才能。我试过，要去接触各种各样的事情。”

“你试过什么？当演员吗？”

“噢，上帝啊。我可不会表演！”

“为什么不？”

“我不是那类人。”

“你可以的。”

“我一点都不觉得。”

“我愿意尝试不同的事情。我愿意试试站在舞台上。我愿意试试嫁入豪门。他们叫什么名字？你教的那两个男孩？”

“奇代尔和杰克。”

“奇代尔！多奇怪的名字啊！”

“是家族沿用的名字，我相信是这样。”

“有叫奇代尔的伯爵。有一整片乡野。”

“还有一个镇子。”

“我有一个叔叔也叫杰克，他在印度。是我爸爸的弟弟。我不记得他了。你知道拉哈黛有多少藏书吗？”

“不知道。”

“有四千零二十七本。很老很老，有些书，老得都快成碎片了。还有些书，从来没人翻开过。你知道我读了多少本吗？能猜出来吗？”

拉尔夫摇摇头。

“五百零二十一本。昨晚，我看完了《名利场》，看第二遍了。”

“我一遍也没读过。”

“非常好的书。”

“这几天我就找来读读。”

“我花了好多年看完了那些书。从我离开学校后就开始看了。”

“和您的渊博相比，我简直没读过什么书。”

“那儿，有时候会浮起水母。可怜的小东西，可你要是把它们捡起来，就被会刺痛手指。”

他们走在礁石上的水潭中间，海葵和虾子随处可见。跟在他们身后的牧羊犬用脚掌拨弄着一团海草。

“你觉得，我去数有多少本书是不是很奇怪？”

“不啊，一点也不奇怪。”

他想象她在数书，一只手指划过书脊，沿着书架，一本又一本，接着又移到下一排。上次他留下来喝茶时，她没有邀请他进屋。他猜想，今天能不能看到那些房间呢？希望可以。

“我不知道自己为什么要数书，”她说着，眼看着沉默越来越长，又说道，“我想我们现在必须往回走了。我们喝完茶，能不能再去别的地方走走？”

※

她只愿自己没有提到那些书。她不是故意要说的。她只想把话题扯到《名利场》上，或许，还能顺势提到威廉·梅克皮斯·萨克雷这个名字，因为梅克皮斯就像奇代尔一样生僻，她也挺喜欢这个名字的节奏感。数了四千零二十七本书，听起来实在古怪。哪怕她问起这是否奇怪时，他也决然地摇头否认。

她切了一块布里吉特做的海绵蛋糕，心想，真该买一块瑞士卷，在基劳兰有时买得到的。海绵蛋糕感觉有点黏，刀子本该顺畅地滑动，可惜不是。布里吉特的蛋糕会做得过火候，做面包倒从不让人失望。

“谢谢。”他说着，接下她切好的一块蛋糕。

“可能不是很好吃。”

“味道很好。”

她为他倒了茶，加了牛奶，再给自己倒。当两人都安静不语时，她该说什么呢？这天早上，她想好了要问哪些问题，可想得起来的问题都问过了。

“拉尔夫，你来到恩尼瑟拉，觉得高兴吗？”

“噢，这儿很好。是的，我很高兴。”

“你真的不是正牌教师？”

“唔，我没教他们太多。”

“也许他们不想学太多。”

“不，他们不是不想学。绝对不是。”

“那，也不是你的错。”

“我自有良心。”

“我也有啊。”

她没打算说这句的呀。她决定，千万不能再谈自己的良心。对陌生人来说，这个话题实在没意思，要她说，简直没意思透顶了。

“我可教不了小男孩。”她说。

“说不定你也可以。就像我一样。”

“我对赖先生有印象。留着小胡子。”

“赖家对我很好。”

“多姆维尔店里的那个人我也记得。很瘦的男人，个子很高，领带系得紧紧的。我以前知道他叫什么，但现在记不清了。”

“我从没进过多姆维尔。”

“那儿有条小铁丝悬在你头顶，还有小木球夹着你的找零滑过来。你想知道为什么我穿白色的裙子吗？”

“这——”

“这是我最喜欢的颜色。也是我妈妈最喜欢的。”

“白色，是你最喜欢的颜色？”

“是啊，正是。”她又送上一块海绵蛋糕，但他摇了摇头。本该由她亲自安排，早点去买瑞士卷——香草夹心巧克力卷，要是店里只有果酱卷也可以。“跟我说说，恩尼瑟拉什么样儿？”她说。

这个问题让他有话说了——山头的女修道院，放映室里的电影，长长的主街，小小的灯塔。说完这些之后，她得知他也是独生子。拉尔夫形容了父亲的木料场，还有他们居住的房屋，距离工场不远，邻近一座桥。

“我们还可以走下狭谷玩儿吗？”他们喝完茶之后，她问道，“像刚才那样散散步？会不会很闷？”

“当然一点儿也不闷。”他说，“您虽然跛脚，但我几乎注意不到。根本不是问题。”

“下周三，你还会来吗？”

7

爱情岛的广场上，铜管乐队在演出，广场上唯一一家意大利餐厅的露天桌椅安置在绿白相间的遮阳伞下。*墨索里尼到了；墨索里尼*[1]还在路上；人们似乎议论纷纷，无法确定。共和国广场舞台下的欢呼声响起，就在歌颂加尔波蒂的乐曲声中："*墨索里尼到了！*"

这当口，上尉刚说出"*托斯卡*[2]"，歌剧乐队就没声音了。指挥朝着整个广场扬了扬手，让大家保持肃静，尽管广场的大部分位置都空着没人。墨索里尼的欢迎曲开始了。

"*瞧啊！*"一个上了年纪的侍者在咕哝，好像在梦里似的，"*行了吧，行了吧……*"他振振有词，把最后一点巴罗洛葡萄酒倒完。在周围的新镇上，扩音器里传来唱片放送的乐曲，同一旋律响起来，以至于每个人、

---

① 原文为意大利语。本章节中的楷体都是意大利语。

② 普契尼的歌剧。

每个角落都知道墨索里尼终于到这里了。

他们被领到遮阳伞下的餐桌旁坐下之后，海洛薇兹一直没说话，他们点的午餐被送上桌时也没人说话，她拨弄着盘中餐，大部分都没吃，依然闭口不言。这是个坏日子，上尉在心里说。天气不好的日子里，她总郁郁寡欢，恼人的忧郁蛰伏在深深的眼底。她很想用微笑回答他的微笑，可她笑不出来。他明白，她在深深的眼底又一次目睹了巨浪永远卷走了他们的孩子，丝毫没有反抗，因为他们的孩子选择了这条路。坏日子里，他的直觉就会特别准；他总能知道她在想什么。他用力的指尖传递对她万念俱灰的抵抗，可她没有抱以同等的回应，他握住的她那只手里没有丝毫生气，他仍然握着，哪怕没有迹象能显示，这一次他成功驱散了她心头最绝望的回想，很可能，那就是最坏的假想。

一条黄狗走过广场，除了乐队、侍者和唯一一桌客人，只有它这个生物。侍者已经解开了蝴蝶领结下的纽扣。那条狗瘦得皮包骨头，饿得到处找吃的，顶开了一个垃圾桶里的东西。周末的音乐家不再只是懒洋洋地演奏歌剧咏叹调，他们身穿白制服，仿佛给现在那自负而跋扈的演奏找到了靠山，仿佛他们已经在胜利的战场上雄赳赳地行进了。

“走开！走开！”老侍者冲着那条狗喊。“咖啡还要吗，先生？”

“要，谢谢。”

他爱她，他无法像爱她这样去爱别人，可是今天，如同之前很多次那样，她独自忍耐，他却帮不上忙。他们不能继续在意大利寻求庇护了，还有多久就不得不走？她冷静地问出这一点。

他摇摇头。会有别的地方可以待，欢呼声能让扩音器里反复重播的激奋而喧嚣的声音消停片刻：那些言语间的重音符可能是击掌或用拳头捶打手掌，死亡！鲜血！胜利！胜利！这些喊话不断重复，那些重音符也一样。广场那边，黄狗要把跳蚤挠跑。

“是啊，意大利很快也不需要我们了。”他答，又想到自己是多么爱她。他们伸出手臂，依偎在对方的怀里，他们说着话，她给他念她喜欢的书里的一段话，他们在旅途中相依为伴；但在今天以及像今天的那些坏日子里，她只属于她自己。

“求你了，别让我回去。”她喃喃着，如此柔声细语，又如此不带感情，几乎不像她在说话。

8

周三下午，拉尔夫第二次来到拉哈黛赴约，他被主人请进大屋参观，从一间屋走到另一间屋，看到了好多书架上的好多书，看到了休息室的角落里放着的弹子游戏，台球桌则在上一层过道里。这时候，露西说："你教完小男孩之后，就不打算多留一阵子吗？"

"待在这儿？"

"别说得这儿好像没有空房间似的。"

他完成家教工作时，是九月的第一个周末。就在男孩们准备回学校前的晚上，赖先生付清了学费，接着，在拉尔夫向赖夫人和男孩们道别的时候，又把他的两个皮箱送上了车。开往拉哈黛的路上，赖先生说："你待她像朋友一样，真是太好了。"

"其实不是像朋友。"

"啊……露西，"到了拉哈黛，赖先生说，"自打你八九岁之后，我再也没见过你啦。"

她笑了，但没说她是不是记得最后一次见面，等车开走了，她带他走向宽宽的楼梯，走向给拉尔夫预备的房间。房间方方正正的，很宽敞，角落里架着桃花心木架盥洗台，还有一个衣橱和抽屉柜，床上铺着白床单，四面墙上都挂着镶黑框的格兰格拉夫雕版风景画。窗户外的风景将牛羊散布的牧场尽收眼底，直达海边。

“不会有人打扰你，”露西说，“除非你拉动铃绳。”

布里吉特把餐室收拾一新，再现宾客满堂时的布置，通了风，长餐桌擦得亮亮的，铺上一块她叠好收起多年的桌布。她忙忙碌碌地端着盘子和餐具跑来跑去，浑身透着兴奋劲儿，脸颊红彤彤的，每天都把白围裙浆洗得笔挺。

“布里吉特就喜欢大惊小怪。”听露西这么说，拉尔夫答，他已经注意到了。

他钟爱他们用餐的时刻。当餐厅大门在布里吉特身后阖上后，他不禁浮想联翩，觉得他们好像已经结婚了。他钟爱拉哈黛的一切，大屋的地理位置，大屋本身，大清早可以散步去海边，还有人把刻着 L. G[①] 的大树指给他看。他喜欢两人在溪流旁躺倒在草地上，再踩着石头跨过小溪。他爱她所爱，要是不爱，他反倒觉得不自然。

“我还要让你看点别的。”说完，她把他带到峡谷顶端废弃的小木屋前。“亨利会把帕迪·林顿的故事讲给你听的。”

不用别人说，拉尔夫就知道这儿是她儿时跌跌撞撞走过的地方，他想象她在这里，饥寒交迫、又害怕又孤单。他想问她那时候的详情，但问不出口，因为她的话题从不往那件事情上靠，除非不得不谈到她的跛

---

① 即露西·高特(Lucy Gault)的首字缩写。

脚。当他们走在滩砾、她说起那条无名犬总是跑得远远的时候，也没有故意提及在后来的事件中它扮演了什么角色。当他翻看休息室里的相册时，他看到，透过棕褐色的迷影，一对夫妻站在一辆婴儿车旁，就在苹果树丛间。他在某张照片上停留的时间越长，仿佛就能探究得越细致，可露西没有一句表态。

有一天，走在树林里，她突然说："我们必须回去了。"好像她感觉到了，他渴望聆听她可能说出的事情，好像她很害怕。但那种渴望一旦缘起，就不会自动消失，拉尔夫思忖着，那或许不止是渴望，也很想知道，他是否能把她揽在怀里，将他的唇吻上她淡金色的光滑秀发、她的脖颈和双颊、她那长着雀斑的胳膊和前额、还有紧闭的双眸以及她的唇。他怀疑自己从未有过这么深切的渴望。

"你不能离开拉哈黛，"露西说，"在看完《名利场》之前。"

"我还没开始看呢。"

"等你看完了，我们要好好讨论一番。那也挺费时间的。"

有时候，他们走在一起，手背或手掌会偶尔碰一下，脚下的石头一滑时，两手会拉紧。仿佛有一堵石墙难以逾越，但他们也在努力接近。

"共有六百四十二页。"她说。

※

要不是他迷了路，他们就无法相见；露西想去想象他们永不能相见，而拉尔夫根本不存在。她觉得，他好像是凭空出现的，不晓得从哪里来，她又想，当他离开拉哈黛，他又将回到她一无所知的地方，那他会不会不再回来了呢？她决不会忘记他。她这一辈子都会记着有周三下午约会的日子，记着现在他们共度的时光。等她老了，如果她开始相信拉尔夫乃至这个夏天只是子虚乌有的一场幻梦，那也不要紧了，因为时间反正会把回忆变成幻梦的。

“拉尔夫，在整个世界里，你最想要什么？”

他停下脚步，捡起一块沙滩上的鹅卵石，平平地向水面撇去。两次、三次，石块跳跃在水面上。他现在不太害羞了，她猜想，是因为他更了解她了，或是他自认为了解了。他的羞涩和温柔，正是她喜欢的地方。

“噢，我想，你知道的吧，最想每天无所事事。”

“我就是每天无所事事。”

“那你很幸运。”

“等你走了，我会想你的。我怀疑你不会再回来了。”

“如果我接到邀请——”

“你会有事情做。”

“有什么事我必须要去做？”

“嗯，所有的事，当你想到的时候就有事情做了。”

他们到海里戏水，每天两次，然后散步去基劳兰。他们爬上码头旁的礁石。那儿没有人，村里的街上也没有人。露西说：“我就是在这儿上学的。”

他们看进玻璃窗里去，一扇又一扇。亮闪闪的地图和图标依然挂在墙上，还有艾沃德先生画的国王和王后的肖像。征服者威廉王，美芙女王，康斯坦丁的君王。黑板上写着：X＝6。

“现在，我已经把我的一切都告诉你了。”露西说。

那天，拉尔夫吻了她。回拉哈黛的路上，他伸出手，抓住她的手，笨拙地将她拉近自己，就在崖壁下的滩石上。他们没有说话。

之后，他们沿着最熟悉的凹凸不平的小路爬上去。奥瑞利家的西红柿田大丰收，田里只剩下枯萎了的茎干。

“我爱你，露西。”拉尔夫接着又说，“我爱上你了。”

她没有回答。她朝别的地方看，过了一会儿说：“是的，我知道。”她停了停。“这没好处，爱上另一个人。”

“为什么这么说？”

“我是不该被爱上的人。”

“哦！露西，你是的！只要你知道自己有多么可爱！”

之前，他们没有停下过，现在停下了。然后，慢慢地继续走，当拉尔夫再一次伸手去抓她的手时，露西没有让开。他说：“我第一次到这里见到你，就爱上你了。我了解你越多，分分秒秒就爱你越多。我以前从没爱上过谁。我再也不会爱上别的人了。我做不到。”

“你没有告诉我你已经看完《名利场》了。我们还没讨论那本书呢。你走之前，我们得讨论。”

“我就没想过要走啊。我不想没有你，这辈子都不想。”

※

拉尔夫知道，露西摇头并不代表不同意他的话，他的语调和眼神中的激情都不容置疑。她摇头只是在抗拒他那愚蠢而放肆的希望：那种表态无济于事，她给出无言的回复，以这种方式重复自己的立场，那便是，她不是该得到爱的人。

“你是我的第一个朋友，拉尔夫。我从没像别人那样交过朋友。也没像小说里的人那样交朋友。”

“我愿意为你做任何事。”

“跟我说说你的家,住在什么样的房子里,诸如此类。那样我就会知道了,当你离开的时候。”

“噢！露西,那普通极了!”

“那也一样要说。”

拉尔夫满腹疑惑,闷闷不乐地照做了。他描绘了在桥后的家,从卧室窗口就能看到那座桥,在劳根酒吧和店铺里,五金器械和食品杂货都有卖。除了继承家业、继续住在那栋爬满藤蔓、小巧结实的二层楼临街私宅,他从没想过还能有别的所为。桥边的一块地里,留着貌似修道院的废墟,但至今也所剩无几了。

“剩了多少?”

“只有一座塔或者说是塔的残骸。别的也没什么了。”

“多可惜啊!”

“我想,还有些僧人的墓地。别人是这么说的。”

“你去过那里吗？拉尔夫?”

“过去了也看不到什么的。”

“去看看墓地呀。”

“不,我不会去看墓地。”

“我就会。”

“露西——”

“劳根店里的人认识你吗?”

“认识我?”

“知道你是谁吗?”

“他们总会看到我走来走去的。”

“跟我说说你的寄宿学校。”

“噢！露西——”

“请你告诉我嘛，求你了，拉尔夫。”

“有两所学校。”于是，拉尔夫从第一所说起，他在那里非常想家，那是一栋在都柏林广场的灰色房子，周日空无一人的大街上会有人像鳄鱼那样慢吞吞地走，还有卷心菜汤。

“不可能有卷心菜汤。你不能用卷心菜熬成汤。”

“我们就那么说。”

“那你在第二所学校里也喝这种汤吗？”

“第二所学校好一点。我不在乎汤了。”

“为什么不在乎了？”

“我不知道。”

“跟我说呀。把所有事都告诉我。”

“那是在都柏林城外，在山里。我们都要穿长袍。学者们穿更特别的袍子，更宽大。”

“你是学者吗？”

“哦，不。”

“你擅长什么？”

“不太擅长什么。那儿的人现在恐怕都不记得我了。”

“你们会做游戏吗？”

“我们不得不做。”

“你玩什么最拿手？”

“打网球，我还不赖。”

“所以你不那么讨厌去学校了，对吗？”

“大概是吧。你介意我吻你吗？”

“我们现在必须进屋了。不,我不介意。”

※

每晚,亨利坐在厨房里吃的晚餐酷似早餐,且经常是一模一样的:煎鸡蛋和煎面包,一片培根肉片。有茶相伴,亨利总喝又浓又甜、加了奶的茶。

拉尔夫表白心迹的那天晚上,晚餐虽然一成不变,但晚餐时谈天的内容却和往日不同。一小时前,当他们穿过院落走进屋时,亨利注意到拉尔夫的举止有所变化,露西也是。他俩都有点窘,显然有什么秘密,却缄口不谈,因而局促不安。亨利很纳闷,猜想他们是不是有了口角;可布里吉特不这么想,后来连她自个儿也忐忑起来。有好多次了,她观察到拉尔夫的目光移向餐桌对面,便多少看透了年轻人的心思,如今两人间的尴尬和隔阂肯定是因为他把那心思说出了口。

厨房里,布里吉特把她观察到的细节讲给亨利听,当她去猜想接下去会发生什么时,却又怅然若失。这位访客会离开拉哈黛,秋天过一天少一天,很快就到冬天了。圣诞节一眨眼就过去,新年第一个月的天气是最恶劣的。到了明天夏天,他还会回恩尼瑟拉吗?会不会再到拉哈黛来?或者,时间飞逝,只催薄情,他们再也见不到他了?

在拉哈黛,布里吉特依然常常安抚露西,如同她还是小女孩时一样。总是那么亲近,却也谈不上亲密,毕竟,总是露西形只影单地在灯下、在苹果园里读书,要不就是独自闲步于峡谷森林、海边滩砾,只有一位矮壮的律师和年老的牧师聊以为友。每当有信送到大屋,他们依然会充满期待,希望顿生——但那只是细察信封前的短暂分秒。信封上写得都很明白。

“你说得很在理。”亨利应声道，每说一个词都点一下头，和布里吉特的先见之明相比，他简直就是后知后觉。他喝完茶，把杯子推开。“把话挑明看结果，未必是坏事情。”

布里吉特在收拾杯碟，丝毫不奇怪他这么说：或早或晚，她都会听到他这么说。但是，对丈夫略有多愁善感的改变她却不发一言，难道要她把自己刚刚说过的话再重复一遍吗？这个夏天发生的事情，点燃了希望的苗头。

“他们已经和她生分了。”她说，“就算他们明天回来也一样。”

亨利用火膛下的小木片点燃了忍冬烟，省了一根火柴。他不知道自己的感受已趋近于一位父亲，只不过意识到自己要保护上尉的独生女，或许像个父亲那样，对陌生青年的示好心怀警惕。然而，拉尔夫住在大屋的这段日子里，亨利比初见他时更喜欢他了。说现在的事态未必是坏事，其实他的本意要更直接了当。上尉的独生女应该被带离此地，和萦绕此处的阴暗气氛彻底断开，那才不是坏事。

※

那天晚上和次日白天一直在下雨。他们玩弹子球，露西总算如愿聊起了《名利场》。聊了一会儿，再玩弹子球。拉尔夫说：“我爱你，露西。”

露西没去提醒他，他已经说过一遍了。她的指尖轻轻划过他的手背。也划过他的头发。

“亲爱的拉尔夫，”她轻声说，“你不能爱我。”

“情难自禁。”

“有一天，你会结婚，你会写信告诉我吗？那样我就能知道你结婚了，也能想象一下。等孩子降生了，你也会写信告诉我吗？告诉我你太太的名字，然后稍微描述几句？那样，我就好像能亲眼看到你和你太太还有孩子们了，在锯木工场旁的屋子里。拉尔夫，你能保证吗？”

“我只想和你结婚。”

“你会忘了我。你会忘了这个夏天。记忆会褪色，变成朦胧的影子，声音也会变得含糊，你就再也听不到了。现在——我们坐在这里，现在——是不会永存的现实，也不是为了永存而存在的。你眼中的这间屋子不会比我在小说中读到的人物的容颜更清晰。你会梦到拉哈黛，拉尔夫，时不时梦到一次，也可能一辈子也梦不到。但如果你梦到了，我就成了一个梦里的幽灵。”

“露西——”

“哦，我会梦到你的，梦到你来这里的每一个场景，梦到现在共度的时日，梦到眼下这时分我们玩弹子球玩腻了，因为玩了太久，也会梦到接下来我要说的话，‘我们改玩二十一点吧？’”

“为什么你说我不能爱你。”

“因为，爱我会让你不快乐的。”

“可是没有啊。我很快乐。”

“我们能玩二十一点吗？雨还在下。”

“我们可以在雨中走走，至少在林荫道上可以。”

树冠只能遮挡一点雨水。空气非常清新，露西说，那是美味的空气。他们在林荫道上闲闲漫步，漫步，又走回了守门小屋的门廊下。

“我当然也是爱你的，”露西说，“如果你一直想知道的话。”

※

布里吉特在休息室里点起炉火，觉得他们刚才在这里一定玩得挺开心。现在，雨下得猛了，雨水顺着窗玻璃淌下来，接着又起了第一阵风，雨势便和先前不同了。起初，风很小，但一小时内就主宰了世界。大风卷挟着树叶漫天狂舞，直到叶子被雨水浸透，变得死气沉沉。大风撞响门窗，也将雨水一股脑地甩向窗玻璃，先前聚集的水滴被砸得四处迸溅，再单调地滑下玻璃。此时去看大海会见到奇观，亨利说。

休息室里，他们就着壁炉火烤东西，把面包片串起来，伸向红灰色的炭木。他们坐在炉前的地毯上看书。“那是谁？”拉尔夫问起挂在写字台上方唯一的一幅人物肖像，露西说那是某位高特先辈，但她不知道是谁。她把留声机打开，放入一张唱片。约翰·康特·麦克科马克唱起了《莎丽花园之歌》。

他们出去看海，狂风猛烈，几乎都听不清对方的话。海浪像狂野的白马立起身体，鬼怪似的形体又突然炸开，仿佛碎裂时仍在万马飞腾，又还原成泡沫。海浪涌动，拍打之声全被吞入狂风的呼啸，海岸上的动静仿佛不知从何而来。

两人仿佛在天涯海角拥抱在一起，相互吻对方唇上的盐味。露西浑身湿透，长发迷乱纠结，拉尔夫的短发也紧紧贴在头骨上。暴风雨震慑人心，仿佛将他俩奴役，恰如爱情对他们的控制力。露西心想，此生，还会再有如许幸福吗？

“我们怎能忘了今天？”她轻轻呢喃，他却听不到。

“我决不能不爱你。”拉尔夫的话同样消失在风里。

他们在休息室壁炉前把周身烘干。布里吉特端着托盘送来晚餐，因为这里比餐厅里暖和得多。看到他俩那么愉快，她却想到，拉尔夫不日之内就将离去。她没有祈祷，这类事情不宜祈祷。反而，她下定决心似的，想在不久的将来看到他们在这间屋那间屋里微笑对视，听到他们谈情说爱，并看着他们永远相依相伴。

"瞧，鲑鱼罐头！"露西说。

这一定写在了亨利的购物单上，到麦克布莱德夫人店里买来的，约翰·威斯特牌的红鲑鱼，真可谓是体面的宴请，因为非常贵。还有特别甜的小西红柿，几年前，亨利把冷温室重新拾掇了一下，种上了果蔬。今天的沙拉里有生菜、一点点洋葱和煮得硬硬的鸡蛋片。

"我们可以喝点酒吗？"露西提议，"白葡萄酒？我想我还从没尝过葡萄酒呢，除了教堂里那种苦涩的红酒。"

她跑出去，过了一会儿，手里拿着一瓶酒和两只杯子回来。剩下很多酒呢，她说，红酒白酒都有，都在食物储藏室的酒架上搁着呢。

"看看抽屉里有没有开瓶器。应该能找出一个来。哦，瞧这个，太棒了！"

他俩把桌椅往炉火边靠近些。拉尔夫倒着酒，心想，自己真的不想离开这栋大屋。他也不想把露西从这里带走，而是留下来，和她待在这里，因为她属于这儿，今晚他觉得自己也有了归属感。留声机上的唱针轻轻滑动，流出《伦敦德里小调》①的旋律。

※

那天晚上，基劳兰的两个渔民在海上遇难，暴风雨突如其来的时

---

① 爱尔兰名曲。伦敦德里是爱尔兰北部地名。

候，他们刚刚收网，准备返航。村里举行了哀悼仪式，拉尔夫动身前的一天，露西和他在村里散步时，生死离别的悲伤深深感染了她。恸哭声从村民聚集的木屋里传出来。小提琴手也来了，有人需要哀乐，他就拉上一曲。

“当初，我怎么能抛开他们离家出走呢？”露西站在沙滩上，他们买了油灯芯和报纸带回去，正走回拉哈黛。“我让他们悲痛欲绝，就像现在那些妇人们那样。我真渴望得到他们的原谅。这实在让人难以释怀。”

她坦白得如此突然，拉尔夫只能闭口不言。两人默默地继续走。

“我也很爱——爱这里的森林、礁石、礁石上的水塘、沙滩上的脚印。我是不是着了什么魔，拉尔夫？我总在想，我准是着魔了。”

“当然没有了。”

“就像可怜的罗切斯特夫人[①]！谁也不会同情她！”

“你那时还是个孩子。”

“孩子也可能着魔。我让他们受尽折磨的时候，我是不是在恨他们呢？是不是因为这个，我才会时常羞愧难当？”

“求你了，露西，你愿意嫁给我吗？”

很缓慢地，她摇了摇头。“我父亲开枪，打中了一个人，但那人没死。我母亲很害怕。我不懂。我可以跟你说吗，拉尔夫？”

他听着，听到之前已经知道的事从她嘴里说出来，也看着，看着这些日子以来司空见惯的景物：礁石上、沙滩上的人影、大屋里射出的灯光，天色渐暗，暮色垂垂。

---

① 英国小说《简爱》里的人物。

“我找到了一间小木屋。”露西说。

“你很有胆量，露西。”

“亲爱的拉尔夫，我怎么能嫁给你呢？”

她的双唇凑近他，轻轻地吻了他的唇。大海静静的，恍如一池静水，轻盈的浪头软绵绵地一上一下。天空是深深的蓝色，比这一整个炎夏的天色更浓。连缀的白云几乎一动不动。

“我不在乎你以前做过什么事。我发誓，我不介意，露西。”

“我只能和这心结一起生活，直到他们回来。”

“不，不，你当然不用这样。”

“你必须回到你那平静自足的生活里去。不能成为我生活里的访客，因为你只能是过客，拉尔夫，尽管我爱你。我们相爱，就是在窃取不属于自己的东西，我们不该那么做。我最亲爱的拉尔夫，我们必须学会面对回忆。”

“我们不需要，我也做不到。我不能面对这种回忆。”

“哦，回忆并不是坏事，你知道的。”

“回忆，那什么也不是。”他的话语里已然显露出一丝苦涩。他们在沉默中继续走，直到他说：“我不会把你从拉哈黛带走的，如果你不想走。”

她好像没听到。她用脚尖在沙地上写字。等到他们的名字都写完了，她抬起头，说：“他们怎么想，拉尔夫，也不说？为什么他们不回来？”

可是，当拉尔夫开始回答时，他觉得她根本没在听，便不再往下说。他们走得很慢，露西说：“我不恨他们，可他们怎么能知道呢；他们会不会轻易误解什么，便以为是真相？会有一天——今天，明天，一年后的某一天——他们会有力气返程的，无论何时都不算晚。”

“哦，露西，他们很久很久以前就原谅你了，现在，他们只想让你得到幸福。他们当然已经谅解你了。”

“记忆可以成为一切，如果我们选择让记忆来主宰。可是你说得对：你决不能这么做，你不可以。这是我的事，我来承担。我会活在记忆里，记着我所有的爱。我可以闭起双眼，感受你在亲吻我，也能看到你微笑的脸庞，就和每天看到的波涛一样清晰。我们成了怎样的朋友啊，拉尔夫！我们多么渴望这个夏天永远不要结束呀！下一个夏天就会大不相同——我俩都明白的。”

“我不明白。我一点也不相信。”

“我希望记忆永存，我们共度的这个夏天，永远停驻在时间里。别太贪心了。我曾经害怕他们会回来。有时候，我想自己并不想让他们回来，我恶劣的行为、悲伤的遗憾对他们又能有什么好处呢？有太多事需要他们宽恕我，我又怎能期望宽恕呢？可是，如果他们现在回来，就在我们爬上山坡的时候回到家，听布里吉特把来龙去脉讲一遍，然后大吃一惊，那该是多么不可思议啊！那样，你和我就无需面对那种回忆了。”

两天后，拉尔夫走了，坐着亨利的双轮马车去了恩尼瑟拉火车站。露西本该送他们一路，本该站在火车站的月台上，等火车带着拉尔夫远走时挥手告别。可她说她不想那样做，便在客厅的门口挥了挥手，接着，又在林荫道上挥了挥手。

第三部

1

那个人仍靠祈祷获取慰藉，他已成为士兵。但期望却落空了，严厉苛刻的纪律、群起群宿的军队生活没能减轻他的困扰。当他的母亲躺在床上奄奄一息时，他想过，要把心事对母亲一吐为快，毕竟，她到了地下，无法把秘密透露给任何人。但每一次他张口就变得惊慌失措，总觉得有人在偷听，其实根本没有。

现在，他在军营里也算老兵了，神色空洞，眼神闪躲，所有在他身边的人都已看惯了。有些被调去别的营区的士兵说他是个又瘦又长、沉默寡言的人，他们说起他怪里怪气的举止，他在小礼拜堂圣母像前独自的仪式。他没有交到朋友，但就执行任务而言，他可谓是尽职尽力、吃苦耐劳、值得信赖，无论他的长官是谁，都对他的优点一清二楚。他清理厕所，用碎石铺路，在伙食班大显身手，维护设备时一丝不苟遵照指令，军队需要志愿者时他第一个站出来。但无人知晓，他坚韧地忍受着内心的折磨。

就这样，荷瑞翰的生命又流逝了几年。欧洲战争爆发的谣言四起，他感觉到军营里焦虑迷茫的气氛，但他自己却丝毫未受其影响。人们谈到了入侵。为了给其后几年可能发生的情况做好准备，沙袋和其它防御装备出现了。偶尔，训练时间也会拉长。

荷瑞翰对匆忙组建的备战制度得心应手。但凡任务下达给他，他都乖乖执行，几乎不知道目的，也决不多问一句。可是，反复出现在他梦里的那场葬礼却一天比一天更让他惶恐。灵柩出现在他熟悉的小镇街道上，当他亲手深挖墓穴时，泥土突然在他头顶合拢了。他躺在棺材旁，棺材里面的小孩喊出声来，他却碰不到她。

他到镇上打听那座大宅，在梦里它燃起熊熊大火并被彻底摧毁了。但是，别人再一次告诉他，没人真的放火烧了那栋屋，死在他梦里的那个孩子也没死，因为一场误会，她被父母抛下，孤零零地生活着。但葬礼还是有的，棺材被抬上熟悉的街道，马蹄声声回绕。哪怕是醒着，他浑身上下还是被汗水浸透了。夜里，他常常从窄小的帆布行军床上爬起来，悄无声息地走在黑夜里，光着脚。在礼拜堂里都不敢点起蜡烛，他跪在隐没在黑暗中看不到的圣母像前，祈求能获得一丝神迹、一声轻微的保证，保证他没有被抛弃。

2

高特上尉带着太太离开了意大利。因为某些不可信的征兆出现，上尉动身的日子比预期的晚。对着国民，贝尼托·墨索里尼以其热烈的承诺、伟岸的建树信誓旦旦地说，自己追求和平。可是，当他深思熟虑了一番之后，又决定还是主战更有利。

他们穿过边境，到了瑞士境内，沿着他们十七年前走过的路，现在是往回走。他们这一路走得很懊丧，能带多少行李就带多少，而懊恼的情绪仿佛也是一件不得不带的东西。他们在贝里佐纳一个朴素的小镇落脚，刚刚习惯的意大利语在那里也能用。

3

赖夫人写道：

我们时常念及你，不知道近况可好？我不知说了多少回，“今儿我要给拉尔夫写信”，可雷声大，雨点小，总也没写！我老也空不下来——孩子们在家的话，家里就闹腾得底儿朝天，他们不在家的时候，我就忙着做果酱或是别的吃的，好让他们上学时带着。他们长大了，变得比你印象中的更懂事了。奇代尔长高了，可还是很瘦，看起来俨然是大小伙了！杰克想当个园艺家，不过我个人认为，那仅仅是因为他喜欢这个词儿的读音！他俩都时常说起你，我们也很感激你在这里的几个月。露西·高特，想必你一定不会忘了吧，我肯定，她还在拉哈黛。那儿一成不变。我们这儿的人都挺好的。

※

拉尔夫回信：

来信收悉，听闻孩子们精心攻读，实乃幸事。赖家善待于我，在下感恩难忘，也时常想及花园中那些漫长而和煦的早上。请务必代为问候赖先生，两个男孩下次归家时也请代问好。或许，有朝一日我们还会重逢。各位康健安好，在下衷心为之愉悦。

他想象不出赖家上下除了康健安好还能怎样。他想不出来他们会沮丧或不快。当然，他们大概已经知道了，他没有再回拉哈黛。

※

露西写道：

我又找到了一本书。摩根女士所著的《弗罗伦斯·玛卡西》。我本以为不会好看的。结果远比我猜想的精彩。

昨天，有鸬鹚站在礁石上。我想到了你，因为——你还记得吗？——有天下午我们曾一起看过那些鸟。看起来多遥远啊，我们的夏天，可转瞬，又仿佛近在眼前！

露西经常把拉尔夫走后的第一封来信拿出来读，读了一遍又一遍。

……形形色色的人物叠加起来，我迷失其间。透过办公室的窗玻璃,我看到下面的工人在喧闹,仿佛在取笑我的多情善感。机器是不是转个不停、嘈杂不休,又有何关系呢?榆树只适合做棺材木,橡木会随着季节而弯曲,而这些又和我有何关系呢?转轮上的皮带要箍得很紧,齿轮要彼此咬合。我看着一段树干被抬到位,锯完的大木板被抬走。阳光照出空中的尘埃,人们在机器隆响面前都很沉默。你站在宽宽的门廊上,穿着一袭白裙。你朝我挥手,我也高高扬起胳膊。可是,白日梦里的幽灵啊,只能带来稀薄的慰藉!

她总把这封信贴在唇边,然后再放下,和其它来信绑在一起。要假想出他笔下的情景并不难,她仿佛也能听到机器的噪音,闻到刚锯完的新鲜木头味。我是个让你讨厌的家伙吧,她也会读到这样的句子,我打扰了你的清净。我连续几个小时责怪自己,最后反而一点儿也不自责了。露西,你知道我有多么爱你吗?你大概无法想象出来吧?

露西猜想,早晚有一天,他们会不再给对方写信,因为现在已经开始重复那些话了。拉尔夫,你必须过自己的日子,她的回信里是这样写的。

※

亨利想把一只靴子的鞋底扳下来,这活儿不好办,鞋底里还嵌着几枚曲头钉,他用钳子把它们扳松了。很久很久以前,远在他出现在拉哈黛之前,有一个高特家的人迷上了制鞋工艺。所有的工具——刀啦、楦啦——仍然堆在外屋里,至今仍算得上是间工作屋。皮革还吊在那里,旁边的木架上放着一罐罐曲头钉、金属制的半高鞋跟和鞋匠专用的缝线。

亨利手头正在修补的这双靴子，之前已被补过两回了。他慢慢摸索出了这门活计的诀窍，一开始只能猜想每把刀的用途，最终无师自通，发现这门手艺需要的不过是耐心。切新鞋底时，他不由自主地去想事情，他经常这样，要是这栋偏远的大屋在一九二一年复仇式的攻击中被村民遗忘了，那现在会是怎样呢？要是那次夜袭没有引发那么多恐惧又凄惨的事，现在的拉哈黛会是什么样呢？换成另一个人，另一个和上尉的脾性截然不同的主人，恐怕就不会注意到太太过于紧张的预警，恐怕只会把那些人视为愚蠢的非法闯入者驱逐出去，也不会站在太太的立场上为此心烦意乱。那三个嘴上没毛的小伙子根本不清楚自己在做什么，只是一时兴起、激奋难当，却有那么大的破坏力，亨利至今仍觉得不可思议。

他刮磨皮革毛边，直到鞋底的大小完全吻合靴子了，再动手切另一块。上一次，他给露西做了一双鞋，不太舒适，可她没有说："啊呀，把这双旧鞋子扔掉吧。"等他发现她走起路来摇摇晃晃的，便催她放弃那双鞋，可她不愿意。他曾反对她和那个年轻人结婚，反对她们之间的友情，那时候，他不明白布里吉特的意思，她在这方面的反应总比他快几拍。布里吉特说："你该担心的是孤独。"

孤独，现在让他俩都很担心。鸿雁传书，如今只留下一堆信笺，邮递员的自行车曾从林荫道的尽头靠惯性滑行而来，轮子磕得小沙砾四处迸溅，现在来得少多了，有时候几个月才出现一次，最后，好像根本不来了。冬季里，有一天，亨利远远看到沙滩上站着一个人，他想不出那会是谁。又过了好些日子，不再是冬天了，他又看到那个人。随便是谁都有可能，亨利不是那种着急下定论的人，但当他讲给布里吉特听之后，她说那显然不可能是“随便是谁”。他继续观望，可那位孤独的访客没有回来，后来又有一天，好像终于——至少亨利这么觉得——给萌生的事端画上了句号，也就是赖先生的雷诺车好几年前第一次试探般地出现在林荫道两旁规整平行的大树间。“她说他参军了。”欧洲战场开火后，布里吉特这么说，亨利不再困惑，也很惊讶，她又说，战争风暴袭来，从不会有好场面。但她也抛出新的观点：爆发战争后，他俩分隔两地，危机重重，事情会不会就能清楚了？难道这不是常有的事吗——男人从战场上平安归来，看待事情的眼光便发生了巨变？

亨利把第二块皮革钉好，开始挫用作脚背上的皮革。他打一开始就不信布里吉特一心期望的、有关巨变的预言，但他没有说；但毫无疑问，结局可能就是如此。那个年轻人会回来，随之而来的问题显然是：等待不会出现的事情，其意义何在？到那时，就该是露西亲口说，要把大屋尘封，像她父亲当年那样做。亨利曾经拆下的封窗板条早已贮藏起来，虽已陈旧，但尚且顶用。这些天来，他修好了守门小屋的天花板，以便他和布里吉特能回到昔日的小家去住，他们本来就属于那里。他还把门窗大开，散散小屋里的湿气，看看哪里需要重新刷漆，就刷上一层新的。他还考虑过，要把后屋重新修葺一下。等时候到了，他会检查那些从未带出过门的箱子，布里吉特会找到白布，再次盖好家具。不管发生什么事情，亨利已经在想，等婚事一定，露西会需要什么、会有怎样的安排，然后她会被带去威克斯福德郡。正如里奇特所言，你心里一清二楚，什么时候必须做什么事。

亨利把露出来的皮革磨暗，再给一只鞋缝了一条新鞋舌，鞋舌也磨暗了。布里吉特说，他们会生孩子，一家子时不时地回来看看老屋，也顺路到守门小屋看看。亨利把用好的工具一件一件放回工作凳上方的木架上，把抛光用的擦布从墙钉上拿下来，在皮革上挤出上光剂，慢吞吞地擦起来，他有的是时间，不着急。

※

拉尔夫要去打的这场仗，是为了保卫爱尔兰选择的中立权。可能会遭到入侵的预警早已在恩尼瑟拉附近的军营里铺开了，如今也渐渐传至全国上下，此时此刻，更多军队挺入欧洲大陆，边远的城市遭到轰炸。宵禁令开始强制执行；毒气面具这个词儿出现在交谈中；消防抽水泵的使用方法被列出明细。战争令各方面都吃紧，但人们更习惯称之为“紧急状态”——汽油紧缺，供拉哈黛之类的大屋用作照明的煤油也紧缺，茶、咖啡和可可短缺，英国产的衣服也越来越少。甜菜和土豆这些以前没种过的农作物生长在田里。木材和泥煤的燃烧量增大。面包不像以前那么白了。

每天，露西走路去基劳兰买一份《爱尔兰时报》，她只有读报才能跟上每天的战况。现在，拉尔夫给她写来的信上会有一些字被污迹遮盖掉，甚至有些部分被军方审查员用刀割掉，写在正反面的信就加倍残缺不全；为了读到任何可能且被允许得到的消息，她尤其关注那些列出死亡数字的报道——死于炮火纷飞的战场，死于撤退和疏散。她也知道，总会有亡者被遗漏，数字不尽然完整。每个周日晚上，她坐在被搬到休息室里的无线电收音机旁，收听盟军国的颂歌，不时会有新曲目出现，至少，那还算是让人喜悦的事。

但喜悦是短暂的。在露西心中，无论站在海岸边还是树林里，拉尔夫的音容笑貌都变了，好像死神已经带走了他，在她的想象中，他的四肢变得僵硬，躺在地上的姿势很难看。有人抚下他的眼皮，盖住那双已无生气、不再能看的眼睛，他便这样走了。尘土黏在她从未见过的军服上。

这些幻象搅得她心神难安，直到新的信到来，聊作力证反驳她的心魔，但那只是暂缓罢了，在她重又恐惧之前。就是那时，十几次短暂地确认“他还活着”之后，布里吉特的预言变成了露西的决心。只要一听说拉尔夫回来了，她会立刻冲向他的怀抱。

4

“先生！先生！”管理员朝着楼上喊，“大夫……”

上尉应声后，楼梯上响起了大夫的脚步声。

“您好，先生。”

“您好，卢卡大夫。”

上尉等候大夫看诊时，泡好了咖啡。外面仍然很冷，当地人说，这是贝里佐纳几十年来最冷的冬天。他望着窗外，看人们去上班，走到邮件班车停靠的车站，或是走到钟表制造厂去修整机器，以免它们长久不用而锈钝：战争期间，瑞士孤立了好几年，精致钟表的销路也停滞下来。面包师的左腿比右腿短，以其特有的倾斜度跛行出来，结束了夜班工作，紧紧地裹着外套。清道夫把铁铲深深挖进雪堆里。

“要是她不想活，”大夫用意大利语说，“她就活不了。”

他又用英语重复了一遍，听起来就不太有自信了。两种语言，上尉都听懂了。卢卡大夫总这么说。看诊时间还不到五分钟，上尉怀疑，这一次，他甚至没把听诊器从医药箱里取出来。

“我太太得了流感。”他也用意大利语说。

“是的，先生，是啊。”

他们一起喝了一杯咖啡，但没有坐下。医生说，眼下，流感蔓延；这儿附近，每户人家都会有一两个病例。既然时疫肆意，也就不难理解她如今的症状，并对病情发展要有心理准备。夫人精神忧郁，这问题反而更紧迫，更要命。

“您说得很对，先生。再加上流感症状，恐怕会有并发的……”

“我知道。”

大夫走之前，摇了摇头。他是个仁慈的善人，看诊只收一点钱，只希望所有病人能尽快康复，从痛苦中解脱出来，过上无忧无虑的日子。他不曾用瑞士风格的精确说法提醒病人家属们注意到——生命很短暂，哪怕努力多活几日。

“谢谢，大夫，谢谢。”

“再见，先生。”

大夫留给他的处方和留给别人家的一模一样。药物会降低体温，缓解头痛。他还教上尉怎样为太太保暖。

他走后，卢卡大夫的眼神泄露出的无望却留在埃弗拉德·高特的心头。他泡了一壶淡茶，倒了一杯端到床边。自从他们开始流离异乡，这么多年来，他和海洛薇兹已经习惯了用一只水壶烧茶，不管在意大利还是在瑞士都没有茶壶，他们的行李里也没有。

“让它凉一会儿。”当他把茶杯抵到海洛薇兹嘴边时，她这么说。这套杯碟上有草叶和蓝花的花纹，是他们从蒙特马莫洛镇带来的对杯之一，总让上尉想到拉哈黛的绣球花。一开始，他为勾起这种回忆而懊悔，曾想过把这对杯碟扔掉，或是塞进橱柜深处，但后来，他又觉得放任自己的软弱无异于荒谬之举，因而抵抗住了那种逃避的冲动。

“你认为蒙特马莫洛镇的圣塞西莉亚能躲得过这场战争吗?”等茶凉却的时候，海洛薇兹呢喃般地问。

她常常这么问，大声地问。圣塞西莉亚教堂里，供奉着镇上唯一一座圣人像。教堂会不会被炮火摧毁、成了废墟？正如圣塞西莉亚本人的结局?

“要是我们没去意大利，我甚至不知道有一座圣塞西莉亚教堂。”

“是啊，是这样的。”他露出微笑，端过茶杯，抬到她唇边。可茶水一点儿也没动。

“我也不会站在皮耶罗·德拉·弗郎西斯卡笔下的复活基督像前，”她的声音越来越轻哑，近乎不可听清的耳语。“或是弗拉·安吉力克的《天使报喜》，或卡帕奇奥画的惊恐的僧人之前。”

上尉总记不住这些，尽管妻子毫不费力地记住了所有名字，他握住床边她的手，陪她又坐了一会儿。片刻之后，她说，那都是她生命中的奇迹瞬间，便睡过去了，好像突然打起了瞌睡。

上尉帮她掖了掖被子，又把她的头轻轻挪到枕头当中。她没有被这些动作吵醒，刚刚谈及卡帕奇奥的僧侣时微显的一丝笑意也悄然滑走。端着她一口没喝的茶，他在想，她会不会在梦中重见那些画。

他走出房间，轻轻地把门带上，又在门边站了好一会儿，以防万一会有什么动静，等到确定什么声响也没有，他才挪动脚步。每天下午，高特上尉穿上大衣、戴上手套，照例出行散步，每天，乃至长久以来，这熟悉的身影在他妻子的心中像是无法不去滋养的恐惧，但对他的爱并无影响。她这次病倒后，已近一个月了，他一直孤单单地去散步。相识的村民都会问起她太太，并宽慰他说，很快就会康复的，因为得流感的乡亲们都好得很快。

冷冰冰的空气里丝毫没有暖意，哪怕已是下午了。他忆起婚礼当日，她对姑母的反对一笑置之，还有个他不认识的人认出他来，告诉他，他有多幸运。自那之后的多年以来，他始终坚信自己的幸运。他们的生活，自起誓那天之后始终相濡以沫，如今已紧紧锁在一起，不可能分开。他掉头往回走，因为他不能把她独自留在家里太久，哪怕她总央求他这么做。街灯亮起时，霜雪闪耀依旧。路过教堂旁的小咖啡馆里，他要了一杯白兰地，才感到身上暖和了一些。

“亲爱的。”回家后，他在通往病床的走道里轻唤一声，还没有走近她，他便明白了，她不会再应声了。

※

整整一夜，上尉以泪洗面，期盼自己能和她一起去，不管她要去哪里。他的肩膀抽紧，耸着，有时会抽泣得很响，恸哭一番，再去凝视那张深爱多年的脸庞，受不了了便又恸哭起来。他一直忠诚于自己的婚姻，从没想过任何形式的背叛，现在他也想起来，海洛薇兹多么频繁地宣称自己是幸福的——甚至一起在异乡漂流的这些年里也这么说，现在在贝里佐纳，之前在蒙特马莫洛镇，再之前是那些意大利偏远小镇、热闹小城。她尽其所能地感到幸福，似乎不去管她要怎样克制、怎样表现。哀悼她逝去的时候，所有美好的往事回潮再现，那些快乐，那些笑声，刚结婚时他俩乐此不疲地探索对方，那时候，任何阴影都尚未蒙上他们之间的爱。可现在，一片空白，如同雪后街巷。

“你是多么执着啊！”上尉喃喃自语，再一次想到过去，他不得不退伍的时候。当时他就知道，她是坚强的后盾，不仅为他奉献力量，也为她自己坚定了心意；但今夜，他安静、轻柔的回忆中，领略到另一番滋味：她宁可埋没自己，那么谦卑而忘我。她不曾意识到自己如此，或许还会否认，觉得这种讲法很荒唐。然而，当她撒手人寰，多年前的那些事却显得更加鲜明。

他一直坐在床边，直到天色大亮，苍白的冬季日光又越过群山，普照城镇。随后，他就得着手置办葬礼。

※

棺材入土了，悼词用英语轻柔地说完了。海洛薇兹·高特被埋葬在瑞士的坚实墓地里，有些墓装点着人造百合花、掩映在修剪成圆屋顶的草丛下，有些光滑的花岗石墓碑上嵌着逝者的遗照。以后，只有碑林会记取一位陌生过客的死亡。

到教堂参加葬礼的人们都是刚刚认识这位英国夫人，哪怕尚且生疏，有些人还挺喜欢她，少数几人在仪式后跟去了墓园。“她很美，多美啊。”有个妇人对葬礼上的鳏夫轻声说道，也无需解释：哪怕上了年纪、哪怕痛楚的阴翳深藏眼底，他的妻子仍风韵犹存。那妇人只记住了她的美，这对他的宽慰远远超出她的想象。

※

……据我所知，您是海洛薇兹唯一在世的亲属。流感，及其并发症，对年轻不再的任何人来说都很难捱。她走得很平静。

可是，海洛薇兹的姑母自己也去世了。上尉的信送到了她长期的陪护、法定遗产继承人的手里。对钱波女士来说，侄女存在与否都不重要。她重读了一遍信，然后把这张轻飘飘的信纸撕成又方又小的碎片，扔进了炉火里。

5

十二月，灰蒙蒙的一个早上，拉尔夫的信上盖着爱尔兰的邮戳，再一次送达。露西已经知道，他的战时营地曾在柴郡，后来又去了北安普敦郡[①]。尽管军方审查得很严，他还是小心地透露出这些信息：他曾去非洲作战，卫戍部队在科孚岛[②]被俘时，他也在现场。不管他身在何处，他的恳请都不曾减弱，如今则从威克斯福德郡写来新的表白。

虽然露西已经向自己保证过了，也担惊受怕了这么久，可现在她犹疑了：拉尔夫平安无恙，她一眼就看到信封上的笔迹旁有爱尔兰的邮戳，她按捺不住感激上苍而流下的热泪。犹疑并非突如其来，她的冲动随着一天天忧虑的缓解而平息下来。蔓延四处的战火改变了一切；整个欧洲，整个世界，没什么和以前一样了。父母生活中的断壑延续至

① 这两个地名都在英国境内。

② 科塞拉爱奥尼亚群岛中的一个希腊岛屿。

今，六年战争后，终于会平和下来，足以将他们带回在几十年和平后同样遭受巨变的爱尔兰故土，难道这不可能发生吗？她一想起他们，音容笑貌便清晰浮现。她仿佛又看见了他们从恩尼瑟拉买回来的行李箱，亮闪闪的皮革，衣服整齐叠好，等待装箱，但她不知道，那些箱子已有斑斑磨损，坚挺的箱面变得瘪瘪软软。她给拉尔夫写信，请求他理解她：*我不是铁石心肠，而且，得知你已脱离危险，我是多么高兴啊！我幻想你在那些信中所提及的地方，也幻想现在你终于重返故乡。*可是信发出去后，她又觉得写得虚假，对照她的真心，未免太煽情了。于是，她又写了一封，声称自己刚才紧张过度了。

“唉，可你怎么会知道啊。”布里吉特的预言在露西推翻自己的许诺后也告以终结，亨利这样安慰妻子。布里吉特什么也没说。她本可以和露西谈谈，或许能略微谈及她自己过于乐观的畅想：战争带来满目疮痍，但也可以造福幸福，或许，她还能说说拉尔夫的挚爱深情，提提他俩互相作伴时他带给她的那些温暖回忆，还有那些维系友爱的通信。但是，布里吉特担心多说反而不好，便什么都没说。

拉尔夫的最后一封信到来时，露西并不知道那就是最后一封。左等右等也不见下一封信时，她才开始推敲这封信，发现自己疏忽了字里行间的某种情绪，潜台词隐藏在含糊的陈述和说明里，仿佛词句本身在勉强，不愿意显示本意；又仿佛在相关的普通琐事里，失望已溢于言表，写信人终于接受了无望之果。她哪怕只写一行回信，也能改变结局，因为那本该轻易就能改变的。可她内心觉得那是背叛，因为那不够尊重因担忧拉尔夫的安危而迅猛加强的爱情，他理应理解她的告白，若写下那句回复，这种心迹势必表露其间。她觉得这样想是很正直的，哪怕不再相信战争乃至战争结束所意味的希望也酷似背叛。再一次地，她固执地认为拉尔夫不应该把自己的未来浪费在她已然扭曲、并凄楚依旧的人生中。她觉得自己必须去信任命运的某种骤转，一切都是命，但这不能成为一种托辞，她不能这样写给他看，所以她没有回信。

基劳兰的夏季游客已是新一代年轻人，他们时常能瞥见一个孤单的女子，在滩砾上，或站在礁石间，也依旧能听到那段近乎传说的往事，听者无不为之抱憾。但他们没有像上一代到这里度假的陌生人那样谴责一个任性的女孩，说那都是为所欲为所带来的苦果。任性的女孩之所以存在，完全是因为发生了那些事情；陌生游客们观察到她孤苦的生活，感动起来，便理解了过往。露西意识到人们开始这样看待她，当年，愤怒和嫌恶曾滋生出截然相反的看法，她认为，两者都不过是暂时的：这段故事还没有资格变成传说，要到她的生命走到尽头、往事全被反射在时间的冷光里，才会被永远传说下去。对于自己成为街头巷尾的话题，她没有太大兴趣。

她开始纳纱刺绣，刚开始自学缝线，她就发现自己很有天赋。丝线和刺绣用的细麻布都是从都柏林“安柯林”邮购来的，这家店素以国产装饰品著称。她找到的一本产品目录原本是寄给她母亲的，夹在《爱尔兰骑兵》里。一楼两扇长窗之间，就有一块装裱在像框里的绣品，灰白色的布上绣着五彩山鸡，她模模糊糊地记得是母亲亲手绣成的。“她的眼睛都疼了，”布里吉特说，“绣完那只鸡后，她就不再绣了。”

安柯林店送来的细麻布上已经绘好了图样，但露西决定抛开现成的设计，另辟蹊径。她绣的第一幅作品是院子里的梨树，第二幅是溪流上的踏脚石，她和父亲曾一起在浅浅的溪水间摆放好了那些石头，还有一幅绣的是在海崖上郁郁盛开的粉色石竹花。她知道，紧接着该绣上帕迪·林顿的林中小屋，因为那儿现在已经完全成了废墟。

"哎呀,我真没想到!"沙利文先生第一次细细观赏这些绣品时,发出由衷的赞叹。"天啊!天啊!"他已经从法律事务所退休了,但仍造访拉哈黛,何况汽油供应也正常了。克劳斯比牧师已年近九十高龄,仍在教堂里忙碌,他不再来拜访,但保持通信。

沙利文先生也记得海洛薇兹·高特一针一针绣出山鸡斑点灿烂的羽毛、火红色的鸡冠和山羊皮般的喉部。但他把这些回忆藏在了自己心里,因为,在餐厅大桌上为他铺开的这些绣品也会让露西享有私密的回忆吧:现在,梨树已完工了,溪流石刚刚成形。他在恩尼瑟拉的街上认识了拉尔夫,情形和克劳斯比牧师那次差不多;要说沙利文从她和拉尔夫的友情中得出了什么结论,恐怕只有一点——露西不再是小女孩了。他身为旁观者,眼中的拉哈黛仿佛石化了,大大的宅邸里只有少许生气,被困在了往昔岁月中。露西仍然孤零零的,就像她自己的绣品中那些精美的细节。

"我们得把它们装裱起来。"他边说边摘下老花镜,那是为了观赏细密的针脚特意戴上的。

"只是消遣玩的。"

"哦,可是绣得很漂亮啊!"

"嗯,是挺不容易的。"

"事情大都看似简单,你也知道,现在,感谢上帝,紧急状态结束了。商店里又能看到有东西卖了。要是你想搭车去恩尼瑟拉逛逛,露西,尽管知会我。"

她在雨天穿的橡胶靴是在基劳兰百货店里买的。要隔很久,恩尼瑟拉的店里才会送来一些试穿的鞋子,不满意也可以不买。她母亲留下的白色夏裙已经穿旧了,基劳兰的制衣商给她做了一些非常相似的新裙子。理发师到村里来的时候，也会来帮她剪头发。

“我在基劳兰这里逛就行了。”她说。

在阿洛伊修斯·沙利文看来，她长得越来越像她母亲，简直像得离奇，不仅是她穿那些老裙子的缘故。他经常被她的语调惊住，那会让他蓦地想到海洛薇兹·高特在说话，在某些音节上会突显英国音，或是选择英国式的词句，仿佛她从未忘却母亲是个英国人、自己也是受英式教养熏陶长大的。“大概是我在胡思乱想吧。”沙利文先生独自开车回去时，总会这么对自己说。但下一次，当他闭起眼睛、再次聆听时，又会听到上尉夫人的声音。

“请您收下吧。”他再次表示叹服时，她表示要送给他，于是，他带着那幅梨树走了。他用相框把它裱起来，等下一幅绣完了，他也会拿到恩尼瑟拉去装裱，等到再下一次去看露西时带给她。

一九四九年三月十日，周四，他在《爱尔兰时报》上看到拉尔夫的婚约启事。露西也看到了。

第四部

1

上尉在贝里佐纳心神难安，便继续游走。因为他知道，待在那里会让自己太悲伤，本来，他和海洛薇兹打算等战争结束后回蒙特马莫洛镇住下，但他没有再回那里。出于同样的原因，他也没有重返任何一座共同游历过的意大利城镇。独自出行的第一天，他决定掉转方向，去法国。动身之前，他已在贝里佐纳把家里的财物尽数处理掉了，因为他不打算回去了，顽固的思乡情也萦绕不去。寒冷的西北风刮起来时，他到了邦多勒，要了一间房。

春天和夏天相继过去，他继续走，到了瓦伦斯、克莱蒙费朗、奥尔良、南希①。他发现，自己置身于似曾相识的景致中，穿过大城小镇，它们的名字都很熟悉。第一次大战时，他曾率领士兵穿越马里孔特。夜里，记忆里会突现一片沿着铁路线延伸的小树林、一座农舍，厨房里的

① 邦多勒，瓦伦斯，克莱蒙费朗，奥尔良，南希，马里孔特：都是法国南部、东部的地名。

面包尚未腐坏，炉灶上的炖锅里还有牛奶。他们发现那农舍是被主人抛弃的，便在那里留宿，有人睡在农地棚屋里，有人睡在大屋里，清早，又急急地行军。

孩提时，埃弗拉德·高特曾假想过战争场面，为自己发明了某些磨难和痛苦，又受十字军东征的故事所启发，认为兵戎生涯的规范传统颇有魅力。仿佛是对这种想象的鼓励，他父亲时不时回到拉哈黛——总是很突然；他又能在休息室和花园里看到军靴的光泽，宽宽的皮带，有点扎手的束腰外衣闻起来有股浓浓的烟草味，还能听到父亲低沉的嗓音。父亲的军官身份，乃至本人的吸引力，加上历史书里的英雄伟人，混合而成的荣誉感总让埃弗拉德着迷。其后，时光荏苒，他不知道——也永远不能知道——是否可以私下宣称，自身拥有荣耀素质；抑或，他人是否承认他是个值得尊崇的人。过世的太太不会用到这个词，他既没有刻意提示过她往那方面想，也从未坦白地对她说，这影响到他选择军职，并重视军职所附带的权势。现在，上尉默默想道：还有太多话没来得及对她说，因为爱会滋养本能，默契也会自动缩减话语，无意间，便留下太多心事未尝倾诉。

他重访年轻时的战场时，占据他思绪的，全是这些事。踩踏在曾浸染手下军士鲜血的土地上，记忆中，那些士兵的面容纷扰不清，妻子曾有的回应也冒出来了——仿佛是对以前所谈甚少的补偿；他思忖，飘泊萍踪的道路为何将他引回这些往昔战场：六十九岁了，他正在奠定自己作为幸存者的身份。想到这里，他点点头，好像要把这种观点置入这片土地，这么想是正确的，到头来，当一个幸存者也很了不起，远比表面定义的更了不起。与其父相比，他并不算彻底投入的军人，也很肯定，他比父亲更容易害怕，体会过的勇气也更少。但最终，讽刺的是，死亡不是在父亲英勇对敌时降临，而是透过疾病慢慢吞噬生命，是地道的家庭内的死亡，时疫也同时夺走了埃弗拉德的母亲和弟弟。当时，埃弗拉德二十多岁，在基劳兰的小墓地里，三座棺材徐徐下葬时，他和兄弟们站在一起。几年后，是他弟弟把海洛薇兹带到了拉哈黛，身份是他弟弟的未婚妻。“请写信转告他。”他们决定离开爱尔兰时，她央求过他，他也保证会写。但后来一切乱了套，失魂落魄的他迟迟没有提笔，直到他们在蒙特马莫洛住下，他想写，可拖了太久，又担心这封信会带来的回信将不得不被扣压在关口——印度来的信和爱尔兰来的信待遇一样。不过，现在一切都不同了。

第二天，他继续前行，到了巴黎。一个女人在他穿过协和广场时拦下他问时间。他的法语已经不太灵光了，便从马甲里掏出怀表，直接把表面递给她看。她微笑着赞美了老怀表，接着赞美他的马甲，然后机灵地转成英语和他交谈。她去过福克斯通①；她去过伦敦；还在葛瑞德克劳斯小镇住过一阵子；她是个“时装设计师②”。

“宛赛乐斯夫人。”说着，她伸出保养得很好的玉手。

他们去了咖啡店，宛赛乐斯夫人喝的是苦艾酒。“您很悲伤，”她轻声说，为这个时刻，她始终不断的微笑有所克制，“您身陷痛苦，先生。”尽管她的升调在暗示这是句提问，可事实上却是一句陈述，他摇摇头，不想和陌生人分享他的哀情。相反，他谈起了自己参加过的第一次世界大战，以及他在她的祖国所经历的战事，淘气的宛赛乐斯夫人却逗趣地说，他还没老到参加过遥远的一战。她挽住他的胳膊，举止相当友

① 英国东部港口城市。这段中提到的地名都是在英国。

② 原文为法文。

好,仿佛她很有自信握住的是年轻人的肌肉。

上尉跟着宛赛乐斯夫人回到她的房间,在街角的一栋屋的最顶层,底层有家面包店。但当她期待的时刻到来时,他道了歉,摇了摇头。必须要走,这让他很失望,而且走得如此匆忙。沉重的孤独不易摆脱,他在宛赛乐斯夫人陪伴下的一个小时并不是不愉快的。“混蛋!”她在他身后尖声辱骂,身子倚在楼梯扶手上,看似很危险。

那天晚上,上尉给弟弟写了信。这封信里写了很多详情,爱尔兰方面的事情,毫无疑问对方应该已经听说了。

> 我在想,现在的爱尔兰恐怕是你我都不再熟识的国家。我在想,如果你曾经回去过,就会比现在的我更了解那里的情况——以及拉哈黛的现状。爱尔兰满目疮痍,我听说过这种讲法,废墟总是越来越多。

他也写到了那天晚上的事件后,自己的感受,海洛薇兹的感受。他写到了在意大利、在瑞士的岁月,以及被战争剥夺的生活,还有海洛薇兹的去世。海洛薇兹没能继续回应他弟弟的情感,对此她从未有过怨恨,只有失望;谁也不该被责备,也没有遗恨留存。上尉长长的信笺终于写到了尽头:好吧,你在那边还好吗?我想知道你过得如何。

这封信不知道该寄往何处,没有能够确保安全送达的准确番号。上尉把信放进行李箱,决定等到有机会询问清楚时再寄出,印度独立解放之后,他弟弟所在部队的番号说不定会有变化。一个月后,他又走了很长一段路,到了维也纳,没什么特别的理由,只是想在有生之年亲眼目睹这座庄严古城的恢宏。但他看到的,只是一座破碎之城,伟大的建筑物在废墟中如鬼影般矗立，庸俗的夜生活将简陋而破败的城市照亮。他没有久留。

战争把欧洲搅得天翻地覆：每一处都可见疲惫不堪的证物。有太多死亡，太多背信弃义之举，挫败贪婪的战斗耗尽了太大代价。他想到了爱尔兰，数世纪民不聊生，耗尽了这个国家的能量，他刚开始在列国漂泊时的感受再次浮上心头——从他的祖先开始累积罪孽，而这就是惩罚。高特家族是否贪婪了太久？刑法通过之后，拉哈黛有过庆祝派对，当人们在教堂里为国王和大英帝国祈祷时，无依无靠的穷人们的渴望却无人顾及。那种热望最终实现了吗？没有他的爱尔兰重建了祖国，就像现在的欧洲吗？

在布鲁日①，他住进了一栋接受游客的家庭旅店，靠近布鲁日国家博物馆。海洛薇兹曾在这座小城里住过，她向他描述过这里的灰砖石建筑、镀金的轮廓线和展示巧克力的漂亮橱窗，还有这里的咖啡馆和双轮马车。她谈起过一个茶室，现在已经不存在了，有个女修道院的草坪上竖着牌子，恳请游客不要拍修女们的照片。"哦！我多么喜欢那座小城啊！"她的话音飞扬在上尉的冥想中，一如往常。在根特，当他举目观赏《崇拜耶稣》②的伟大画作时，忍不住幻想她和现在的自己一样，对这夺目的艺术品肃然起敬。

"您是英国人吗？"家庭旅店里，他被人问起，却犹疑片刻，不知道自己到底该怎么回答。然后摇了摇头。

"不，我是爱尔兰人。"

---

① 比利时西北部城市名。

② 《根特祭坛画》由爱克（van Eyck）兄弟绘于一四三二年，包含十二幅多联画板画；现藏比利时根特圣巴封修道院。

“啊，爱尔兰！爱尔兰可美呢！”

热情赞叹的，是位英国女士，或许比他年轻二十岁，跟在巴黎和她搭讪的那位小姐一点儿也不像。他想，孤单的老男人在旅行中是否自然而然地引来这类注意？虽然他挺喜欢，但比在协和广场时更谨慎了几分。他已经在餐室里注意到了这位女士，和另一位女士坐在一起——他估计是她母亲，后来，他的推断被证实了。

“是的，很美丽。”

“我去过爱尔兰，就一次，却难以忘怀。”

“我自己已有十三年没回去过了。”

女士颔首，并不好奇其缘由。她一头金发，已过青春韶华，却仍然美丽动人。她没有戴结婚戒指。

“但愿我没有冒犯到您。”她道歉，“我猜想您是英国人。”

“我过世的太太就是英国人。”

他用微笑掩盖爱人丧亡的沉重，可他们都注意到了，刻意地掩饰、谅解地轻叹都是微不足道的。旅行没能如愿地振奋精神，他开始怀疑，自己再也无法摆脱哀痛，或者，有可能，他并不是真心想要摆脱。妻子的要求历来很少，但死去的海洛薇兹所需要的，比他所能承受的更多。

“我们国家对爱尔兰很不好。”女士说，“我总是这么想的。”

“那个嘛，现在已经结束了。”

“是的，结束了。”

这位女士的生活也经历了巨大的损失，战争夺去了她结婚的机会。他意识到，他们都不愿流连在彼此的共同点上，也感觉到她同样意识到了。他们以懒散的姿态聊了一个下午——关于像布鲁日这样的城市，又聊了聊爱尔兰和英国。他们互相作伴了半天，但交谈始终不涉及私人话题，如心所愿，将秘密藏在自己心里。他还没机会认识一下她母亲，她们就已经离去了。

几周后，上尉独自上路。他途经加来①到了多佛②，接着从肯特径直到了伦敦。在那儿，他询问到了驻印度部队的番号，也被告知，他弟弟多年前就已死于战事。那时候，孤独感油然而生，上尉越发感到自己是个幸存者。在单调的战后首都，胜利倒仿佛坏脾气的投降，他丝毫没感到喜悦。沉寂凄凉的景象遍布每一处、每一张脸孔、每一个动作；只有街角游手好闲的家伙和一堆堆香味四溢的果馅饼喜形于色。

---

① 法国北部港口城市。

② 英国东南部港口城市。

2

晨光宜人，早春三月的灿烂朝阳暖洋洋地照在露西的胳膊上、脸上。溪流岸边，或许已有绵羊掠过，小草刚刚钻出地面，但不会有绵羊来这里。拉哈黛的草地挺奇怪的，整个夏季郁郁葱葱，早春时节最适合漫步，却好像从来也不长高。露西躺在草地上，凝视着蓝天，把鞋子踢掉，最近捧读的小说摊放在身边。她不是在思考书里的人物或天主教堂，也没有去想钟塔上的阳光或是普拉蒂夫人和哈丁先生①。“你会写信告诉我吗？”她以前这么问过他，现在她知道自己要求得太多了，当然，拉尔夫没有写信告诉她他娶了怎样的太太。他要么是忘记了，要么是出于尴尬而没有写；不过也不要紧，也许这样反而更好。在她的幻想中，露西看到了一个又漂亮又能干的女子，知道那个她的品德配得上这样的容貌。靠近锯木工场那座布满爬藤的临街小屋里，一扇窗开着，窗

① 这里指的是特洛罗普一八五七年的小说 Barchester Towers。

户周围的爬藤早已修剪利落，爱整洁也是一种好品质。当锯木机器不再轰响，新婚夫妇走进温煦的夜风中，走过劳根酒吧和店铺前的小桥。“这儿多宁静啊！”拉尔夫那快乐的娇妻会这么说吧。

露西坐起来，拿起身边的书，红色封面上有一次雨水打过的痕迹。一年前，阿洛伊修斯·沙利文在拍卖会上买了三摞旧书，作为礼物送到了拉哈黛，因为他知道，读小说是她最大的乐趣。封面内的翻页上，有人用黑墨水写了“阿尔弗雷德. M. 比勒”，露西迫使自己去联想，那会是个怎样的人？僧侣镇，劳奇，一八五八。她认识的所有人中，恐怕只有克劳斯比牧师在一八五八年生活过；在不同的名字和面孔中遐想着，她再也想不出第二个了。她满怀深情地忆起老牧师——他曾是多么关心她啊，拉尔夫也说过，他曾在教堂墓地里偶遇牧师，提到她时他又是怎么讲的。克劳斯比牧师已经九十多岁了。

哈丁先生此生从未如此艰难……终于，她回到书里，读着读着，渐渐全神贯注，大约有十多分钟丝毫没去想拉尔夫，无论是他的婚礼，还是他的太太。

※

汽车载着他从火车站出来的一路上，他和司机什么也没说。司机只是被吩咐开到基劳兰，剩下的路程他步行过去——他想这么做。这一路需要四十分钟，司机说过两次话，但最终还是沉默了。

基劳兰，上尉记得很清楚。以前，总有个妇人在码头下的礁石滩里翻捡贝壳，他不由得想到，现在，在同一个地点捡贝壳的会不会是他的女儿？看起来有点像，隔了这么远，身影颇有几分相似，要不然，就是他在幻想。过去的沙滩上，渔民们几乎每天都在寻找飘浮在海面上的绿玻璃瓶,要在那里撒网。可今天,那儿一个渔民也没有。

他走在海边。海崖看起来那么熟悉,崖顶的石头边缘还是像锯齿,泥土间还是有裂缝;只是土块间的花草有点不一样了。当他转身走向滩砾时,光滑潮湿的沙子就变得像干粉末了。攀上海崖的捷径就和以前一样。

有一两次,他想过大屋可能被烧毁了,那些人如果回来,就一定会顺利地烧掉它,那么,就只会有墙桓留存。戈冯内兹家族离开阿格利斯时,把大屋卖给了一个农夫,只因他想要屋顶上值钱的瓦,他掀掉了石板瓦,挖出了壁炉,剩下的东西便任由风吹日晒。艾芮庄园被烧成了废墟,斯威夫特家琢磨接下去该怎么办时,曾借住在拉哈黛。还有传言说芮维勒大屋变成了神学院。

上尉停了停,想起在眼前的这片土地上曾有一行人走过,装有茶具的篮子规规矩矩地放在他父亲面前,母亲带着毯子和餐布,他的姐姐带着一家人的泳衣、披巾和毛巾,他和弟弟只能负责一些让人放心的工作,譬如带上自己的木制沙铲。后来,女仆内莉跟在他们后面跑,在阳光下浑身发抖,围裙和黑裙下摆呼啦呼啦在风里扬,她帽子上的丝带在她身后飘成长长的曲线。

刹那间,埃弗拉德·高特觉得自己又回到了童年。他觉得自己看到了阳光在窗格玻璃上的一束反光,他也知道那是不可能的,因为那扇窗户理应被封挡在木板背后。他继续走,心里数着他留给亨利几头牛,可他一路上看到的牛已经超过那个数字两倍了。一头牛很好奇,傻乎乎地走向他,头往他的方向蹭,使劲闻。其它牛羊也懒洋洋地跟过来,慢吞吞地走在后头。牧场旁边奥瑞利家的田里种着饲牛用的甜菜。

玻璃反射的阳光再一次闪现。他继续走,看到一块窗帘在飘扬。

“遮阳伞拉下啦！”那天，内莉一边大声喊，一边高高举起手挥舞，“夫人，您忘了阳伞！”

他曾在意大利的《晚报消息》上读过一篇文章，讲到一种流行病在爱尔兰牧场蔓延，也曾担忧会影响到这里的牛羊。“我们在拉哈黛一直养小群牛羊。”他父亲曾说过，只要有访客前来，便炫耀起自家的牛群。现在，他离大屋更近了，也看到了，没有一扇窗户被封起来。

疑惑不解的他沿着把牧场和大屋前的沙砾空地分隔开的白漆栏杆，走过铁门。他再次停住脚步，眼神完全被深蓝色的绣球花草地吸引住了。接着，他才慢慢地朝敞开的客厅大门走去。

※

亨利在院子里，刚把搅乳桶从拖车下搬下来，在圆石路上滚着它们往前走。在牛奶棚里，他用水冲洗木桶，把水灌到木桶口边线，再把软水管重新挂上钩子。他睡着了都能干这个活儿，以前他就是这么对露西说的，那时她还很小，假想着那种场面便咯咯直笑。“露西，露西，我提问，你回答，来吧！”他以前也爱唱儿歌，逗得她哈哈笑。

布里吉特在叫他，他也回喊一声，说他在奶棚呢。她应该知道的呀，她看得到拖车停在院子里，还没收回去。他有点纳闷，她怎么会不知道呢，干嘛要大声嚷嚷。

“别管那个了！”她大喊起来，他从她的声调里听出一丝异样的味道，准是出了什么事儿。“别管那个了，快进来！”

刚才，牧羊犬被滚木桶的声音惊得大叫，现在都已经安静下来，聚在梨树下。后几个星期里，用不着每天去送牛奶桶了，运牛奶的卡车会开到林荫道上。差不多一年前，他才把所需的运桶平台修好。

“亨利！你能不能快点！”布里吉特又喊起来，但她人并不在后门口。

亨利走进狗道时，听到里面有男人说话的声音，但声音很低，他只能听出些许含糊不清的字眼。“感谢上帝！”当他走进厨房时，布里吉特正在轻念感恩。她就像回到了小女孩的时候，满脸涨得通红，坐在桌边。手指尖触着嘴唇，挪开，又放上去。“感谢上帝！”她还在不停地念。

亨利先猜，然后才认出这个男人，过后才纳闷，为什么当时自己哑口无言，为什么他又突然开口说：“你告诉他了吗？”

“她告诉我了，亨利。”上尉答。

他在厨房里待了一会儿。他们倒了茶，布里吉特的茶碰也没碰，上尉喝完了茶。亨利走到炉灶边拿了茶壶，又给上尉添了茶。

※

露西去了海边，和她父亲刚才一样，走在浪梢，只不过方向相反。她的足迹留在了沙滩上，而他的却没有，因为现在已经退潮了。她朝海崖走去，一手提着一只鞋，悠闲地光脚踩在湿润的沙子上。等沙地干了些也软了些，她坐了下来。她继续读小说，“伟大的斯坦霍普家族的特色或许该被称为无情无义，但这种情感上的欠缺伴随着同样伟大而丰富的美好品性，也在他们家族的大多数人身上显露，却极少被外界所知。”

有那么一会儿，她记不清斯坦霍普家族是什么人，然后才清楚地想起来；她对自己说，怎么傻到忘记了哈丁先生是领唱人、思路普牧师先生和普拉蒂教皇？她读下去，但一个长段落里的句子渐渐变得不知所云。“我是多么幸运啊！”当拉尔夫夫妇折回，夜晚的散步即将结束时，拉尔夫太太会这么说吧。

※

二楼,上尉每进一间屋子都先去窗边,望出去。他看到自己的女儿在牧场里,恍惚间还以为看到了自己的太太。

当她进了前厅,他从楼梯转角低头看她,他无法自控地再次幻想起来。她走路时,有种迟疑的姿态,几乎不为外人所察觉,他明白她是跛足的。她继承了母亲的容貌。

"您是谁?"她问,声音和她母亲的一模一样。

埃弗拉德·高特在楼梯上几乎站不稳了,伸手拉住扶手,一格一格走下来。在厨房里听闻的一切——以及,那之后,与女儿面对面——都削弱了他的勇气。

"你不认识我了?"

"不认识。"

"好好看看我,露西。"上尉说着,走完了楼梯。

"你想干吗? 为什么我要认识你?"

他们互相凝视着。她的双颊渐渐失去了血色,和她身上的裙子一样白,他便知道她认出他了。她什么都没说,他也呆呆站着,没有走向她。

※

一开始,听到上尉在大屋走动时,布里吉特会在自己身上画十字,仿佛在向神索取保护。当她看到一个陌生人站在餐厅的餐具柜旁,她又画了十字祈求保护,在厨房里又有过一次。

“第一眼,我怀疑是不是他,”她说,“他变得那么瘦,皮包骨头,可以前不是这样的啊。”

“哦,一样是他。”

“可怜的人啊,当我告诉他时,他惊得都快灵魂出窍了。”

“她也会这样,她。”

“会发生什么事,亨利?”

亨利摇摇头。布里吉特跟他解释,为什么上尉会孤身一人,他只是听着。

※

他想拥抱他的女儿,但没有,他感到她心中有隐情,那令他无法伸出双臂。

“为什么是现在?”他听到了这声呢喃,他不懂这句话的意思。接着,好像后悔说出了这句话,露西叫了他,爸爸。

3

基劳兰的村民、恩尼瑟拉的镇民都争相来看高特上尉。能够瞥一眼他都好，就像主角从后台走上舞台的第一次亮相是至关重要的。他原想把大屋的黑房间一一走过，然后远走他乡——有些人是这么猜测的。可是，这儿还有他的女儿。

在拉哈黛，他在二楼窗口举枪瞄准的那一夜并不像在乡亲们的传说中那样成为历史性的瞬间。他们从未把一系列事件连贯起来以供乡民们津津有味地传颂，只是记忆中偶然突发的事情罢了。拉哈黛的人也不觉得上尉突然归来以及他孑然一身已成鳏夫的消息将意味着剧变，乡民们将其自动融入了传说，完整了这类故事的通常模式，好像这故事发生在别的地方。在拉哈黛，震惊尚未平息，但明显变化的只是些日常琐事：上尉抽的小雪茄的烟味、他开的威士忌酒瓶。布里吉特和亨利则注意到，这些年来，他说话的腔调变得低沉了。走在楼梯上的脚步声并非是陌生人发出的，但也差不多；他的衬衫看似有异国风格，如今挂在果园里晾干。

上尉自己仍然困惑，偶尔还觉得这一切难以置信。难道这是一场永远的梦吗——他女儿竟然活着，周遭的一切竟然不似他想象中的那么逼真？当他的女儿陪伴在旁，他本能地想去握她的手，想去寻找她曾经的孩子模样，仿佛只要触碰她，他就能找回已然失去的一切。但这种本能每一次都被抑制住了。

"拉哈黛是你的了。"相反，他笨嘴拙舌地如此重申，哪怕是再蠢的话也总比什么都不说要强。"我只是个访客。"

她的反应当然是断然否认，但也只能靠言语。宽恕一个孩子的傻事，是他起码能做到的，不只是他，还有他妻子的宽恕。他的女儿犯了错，一个小时之内就能被原谅，他真诚而仓促地反复强调这一点。但他们不耐烦地忽略了这个孩子的焦虑，这种无情却残留下来。

尽管上尉以悔悟和懊恼之情说尽了这些话，他也意识到，永远也说不够。他女儿长大成人的这些年里，他们很久以前造成的某种气氛却缠住了她，像冷雾般将她笼罩。至少，表面看起来如此。

他俩坐在餐厅长长的餐桌两边，他们的大多数谈话都是在这里进行的，哪怕经常是无话可说。一餐接着一餐，上尉看着女儿修长的手指在闪闪发亮的桃花心木餐桌上描着花样，快得令他看不清手指的动作。出于礼貌的需要，她有时会说说今天干了什么，或是早餐时说说今天打算干什么。还有蜂蜜需要采集，她还种了一些花。

※

很快，拉尔夫也听说了。

他新婚尚且不足一年，但即便婚礼只是在昨天举行，也没有任何区别了。和露西假想的不太一样，拉尔夫的太太是棕色眼睛，高个子，黑头发紧紧地束在脑后，身材本来很苗条，现在却处于生养后的恢复期。但露西碰巧也猜对了，她很能干，也爱整洁，窗框旁茂密的藤蔓确实需要修剪。爬山虎遍布的这栋小屋已经在结婚时过户到拉尔夫名下，他的母亲境况不佳，他的父母意识到早晚有一天住在上上下下的房子里会不方便，就搬到附近的一栋平房去住了。

拉尔夫得知高特上尉归来的消息是在周一的晌午。多年前他发现有个经常来锯木工场运木料的卡车司机家在基劳兰，并且和住在那里的姐妹们保持联系。他和拉尔夫曾聊过基劳兰村里的乡亲们。拉尔夫经常提起海崖上的那栋大屋，尽管自己和那边已经没有密切往来了。深埋心间的秘密令拉尔夫总会关心和露西·高特有关的消息。军中六年使他变得沉默寡言，因而一次也没泄露过心事，那时，他和露西永远无法结合似乎已成定局。他没有跟太太谈论过她，也不谈在拉哈黛的日子。太太的位置原本该是露西的，这已能暗示在这场婚姻里不可能有爱情，或者说，拉尔夫退而求其次。所谓不可能结成的婚，只是两人双双退出罢了。

“不可能吧？”卡车司机把这段事告诉他后，他反问。

“我得说，这事儿千真万确啊，先生。”

那人非常有把握。坚信万分的语调让拉尔夫很想闭上眼睛，掉过头去，那些话仿佛刺伤了他，他假想伤口正在心头。可他的心还是怦怦跳着，因为他能感觉得到，而且比以前更确凿。他突然口干舌燥，好像吞下的苦果炙烤了唇舌。卡车司机必须大喊，因为又有一批原木开锯了，山毛榉厚木板慢慢地切出了形状。

“稍等，先生。”

他俩走到外面。

“高特夫人也回来了?”

“他们说,高特夫人死了。”

拉尔夫把事先准备好的发票递给他。当卡车开出工场上路时,他给他引了路。他仍然假装镇定地挥手告别,再独自走回来。

※

听到上尉归来的消息,沙利文先生一度迷惑,也很为难。在他看来,埃弗拉德·高特是个简单的人,偏有复杂的事故降临,如今的事态更错综迷离了。阿洛伊修斯·沙利文不知道是该高兴还是担忧。

“您会发现,恩尼瑟拉有了一两种变化,埃弗拉德。”当两人终于在中央酒店的吧台边相约重逢时,他对上尉这么说。他回想起以前和埃弗拉德·高特无数次交流的场景,便考虑到,此刻保持肤浅的交谈恐怕是最明智的。“您猜得到吗? 我们要在恩尼瑟拉生产橡皮布防水外套了。”

“是吗?”

“哦,当然是真的,真的。恩尼瑟拉没什么地方还是老样子了。”

有些变化,上尉自己已经发现了。他记得以前有些寄宿公寓,现在不见了,主街上的店铺也不一样了。火车站变得很破败,盖切尔拍卖行上了锁,人们说不会再开张了。看似眼熟的商店,他一走进去就发现其实很陌生,迎客的店员都是生面孔。

“不出所料,这是当然了。”现在,他在中央酒店里这样评价变化,“到处都能看到不同的爱尔兰。”

“多多少少吧。”

“我必须道歉，没有尽早通知您和我碰面。安定下来需要花点时间。”

“这很能理解。”

他们是小酒吧里唯一的客人，也没有人服务，除非他们召唤。上尉站起来，拿着他俩的酒杯走到木制吧台旁。

“再来一轮。”一个斜眼瞥他的年轻人出现了，他便说道。他们在喝爱尔兰威士忌。

“我们本可以不走的，你知道。”上尉走回他俩的座位，说，“要是我们到森林里去找，就能找到她，就可能不走了。”

“最好别那么想，埃弗拉德。”

“哦，我知道，我懂。”他抬起杯子，当两人间出现一段沉默，他开始透露自家餐厅里的忧虑。“海洛薇兹一直相信，她的孩子自杀了。”

谈话已然偏离律师一心保持的安全轨道，潜入了肤浅话题之下。他毫不费力地察觉到了这一点，也明白现在无法再刻意闪躲了。上尉说道：“不过，她尽可能地做到了优雅，在优雅中生活。”

“海洛薇兹也没法不那么想。”

“她美丽的外貌遗传给她了。”

阿洛伊修斯·沙利文点点头。他说记得第一次见到海洛薇兹·高特时的情景，好像他在谈论别的事，也像是什么都没说。上尉则继续说道：“她钟爱《天使报喜》。她搞不懂圣托马斯怎么会那样天性怀疑。要不然，就在疑惑托拜厄斯的天使的原型是否是只鸟。再不然，就在想圣西缅怎么造就了沙漠里的高柱。我们观赏了很多油画。”

“我很遗憾，埃弗拉德。”

律师想起那个年轻女孩直率的双眸，后来她才变成上尉正在谈论的这个女人。他经常想到，她是那种一辈子都不会存心伤害别人灵魂的人。阿洛伊修斯·沙利文从不遗憾自己没有经历过甜蜜的婚姻，至少眼下他心头闪念，为之庆幸。

“你是个好丈夫，埃弗拉德。”

“不够好的丈夫。我们无法忍受时，就离开了拉哈黛。我应该坚持一下，不要那么匆忙而草率。”

“我也应该亲自去找你。这样自责就没完没了了。”

“有必要让露西知道我刚对你说的话吗？”

“要是她不知道，会更好些。”

“我想她不应该知道。”

“我肯定这一点。”

两人喝酒。谈话时而放慢，时而东拉西扯，这对两人来说都比较轻松。稍后的散步中，两人的步态都有点闲散，他们又成了以前的那种好朋友。律师比高特上尉年长十一岁，可模样还是和上尉印象中的差不多，一边走一边和他俩都相识的熟人打招呼：他以前的下属职员，他使唤了多年的管家。他的私人生活莫过于此，他所有的言语都给人这种印象——和以往一样——他不和别人分享生活。上尉谈到了他的旅行。

“海洛薇兹有张旧照，肯定是在这儿附近照的。”他说，这句话突然冒出来，打断了前后的内容，“棕黄色的，有点褪色，皱巴巴的，还有折痕。我怀疑她会不会知道，照片还在她的遗物里。”

他指着大浪袭来后修建的步行大道。在她母亲的旧照里，露西就站在延伸到海里的防波堤柱中间，有些风化了的堤柱还矗立在原地。防波堤要新建了，阿洛伊修斯·沙利文说，他们大概这几天就会开工。

他们在一张路边座椅旁停下，但没有坐下。听着有关防波堤的事，上尉眺望着大海，还有点缀远景的一簇簇金雀花。此地的新鲜事都被说完了，趁着沉默还没有沉淀下来，他说："您一直照顾她，让她有钱花。这么多年了。"

"她的花费不多。"

"露西不跟我说话。"

他谈到他们重逢的那一刻、他克制住的拥抱、餐厅里两人间的沉默、她修长的手指如何描摹餐桌上的花纹、他满心欢喜却又时常心碎。

沙利文先生犹疑着。他不该越俎代庖干涉人家的家事，但对这对父女双重的挚爱需要他现在就插手其中。

"露西本来会结婚的。"停顿了片刻，他继续说，"但她认定自己无权去爱，直到她感到自己被宽恕了为止。哪怕我们都很怀疑，她却从不怀疑你们会回来。而且，她是对的。"

"那是多久以前的事？她本来要结婚？"

"是的。"他又停了一下，再说，"后来，他结婚了。"

他们继续慢慢地走，阿洛伊修斯·沙利文说："你回来了可真好啊，埃弗拉德。"

"可我回来得太晚了，和我们国家里其他人的悲剧是多么相像啊！"

4

两个男人在散步，被他远远地看在眼里。

士兵觉得自己不再是士兵了，这种错觉已经困扰他很久了。兵役期满后，他考虑继续一轮兵役，但被拒绝了。尽管这个决定让他自觉挫败，荷瑞翰却没有对军队怀恨在心，也照旧兢兢业业地履行最后的军职，把靴子擦得锃亮，扣带和军服纽扣也都亮闪闪的。等到兵役最后一天来到，他会卷起狭窄军床上的铺盖。一套黑西装吊在锁柜里等着他。

现在，他穿上了黑西装。暂时没有工作，住在租来的房间里，和他儿时的住址相距不远，他母亲到死都住在那里。听到高特上尉归来，他也跟着人群上街去看他。今天，他跟在他后头，观察着走在步行大道上的那两人，泪水在眼眶里打转，流到凹陷的脸颊上，再一路流到衬衫的衣领里，但那不是悲伤或沮丧的眼泪。他知道那不是，毫无疑问。这是——终于，圣母的神迹到来了：因她神圣的干预，高特上尉回来了，会给所有痛楚画上句号。

三个基督教兄弟会的少年路过，注意到昔日士兵脸上全神贯注的表情。当他们超过他，又听到他哭出了声，他们转过身，看到他跪在了地上。他们眼睁睁地看着他，直到他再次站起来，骑上自行车离去。

5

“他们靠施舍度日。”走过僧侣的墓地，拉尔夫被问及此事时答道，“奥斯古丁派教士在这里常常是乞丐。”

言语中是否透露出一丝不耐烦？一天工作下来疲惫不堪，他是否无法掩饰并已溢于言表？他朝太太微笑，可她不会知道那其实是表示一份歉意。夜色温柔，一丝风也没有。不知何处，有一只鸽子咕咕直叫，仿佛这一天还没忙完。

他们聊着僧侣的话题，揣度他们是否同等虔诚地将生命奉献于修行，又是否赋予修道院廊内的简朴生活以同等的意义？他们拥有的那种信仰，她问，是否能把人同化？他们是不是都一样，如同身上的修士服所暗示的那般？

“很难说。”很可能，他的话音里又泄露出了急躁，哪怕那一点点恼火对她而言也是不公正的。他又再次感到羞愧。再开口时，他的语调更温柔了些：

“留在这儿的，只是他们教堂的一小部分残骸。他们的住所本来遍及这一整块田地，连那后面都是——每个人的单人间，他们也一定有食堂、花园，甚至养鱼塘。”

有一块孤零零的石头竖立在田野的一角，不知其用途，也没有标识。底基上的刻字早已风化得不可辨认。有可能是断裂的十字架垂直线，有可能是圆环破损后的锯齿裂痕，或是附加的饰纹。但任何推测都已无法确证。

“我们该回去了吧？”拉尔夫提议。

他们的孩子已经睡了。窗户敞开着，婴儿床边有防护栏，哪怕一声小小的哭闹都会传出来，听得到。在这宁静的夜晚，他们侧耳聆听了片刻。

“是啊，或许应该回家了。”

她迟疑要不要嫁时，他曾紧紧催促。他听她倾诉种种疑虑，再一笑置之，真诚而令人欢喜，终于使她释怀。她的却步，并不是因为谦卑，她对自己未来当人妻、为人母并不缺乏信心——毋宁说，更像谨慎，并不知道为什么，她没觉得有什么不合适。现在，拉尔夫记起了这一切，时间仿佛等到了意义被揭晓的时刻。

“多遗憾啊，这儿被废弃了。”她回头望着无人照料的废墟。就在残垣断壁之中，牛群会在日头猛烈的时候到树荫下吃草，将欲以生长的荨麻小草踩踏在脚下。在拉尔夫看来，这话从她嘴里说出来颇有几分古怪，不过，当然，也没什么古怪的。

“是啊。挺可惜的。”

他们翻过路尽头的小门，因为那比搬弄锈迹深厚的门闩要方便得多。自行车靠在劳根酒吧闪亮的淡蓝色墙边，到了夜里，只要酒吧还有生意，杂货店也会一直开着。

他们聊聊一天是怎么过的，锯木厂里流传着什么新鲜事儿。他们刚认识时，他坦言自己身为木料工场主不知该如何渡过余生。而现在总是她提起这个话头，仿佛她已经知道他该怎么做了。他说："我现在就是个木料工场主。"

她很迷惑，皱起眉头，他解释起来，她又笑了。他们互相微笑。

"我不想要别的了。"拉尔夫说。

这话轻易地说出了口，他没必要闪躲眼神，甚至可以拉起她的手。在她深棕色的眼眸里，这些全都是爱意，足以让他俩的生活惬意愉快。

"你真好！"她轻声说。

他们走过窄窄的小桥，接着，走过他们父母住的平房，空气里弥漫着烟草味道。拉尔夫的父亲身材壮硕，满头灰发，嘴里正紧咬着烟斗，不疾不徐地给花床浇水。他朝他俩扬扬手，他俩也挥手致意。"大概你会感兴趣吧。"卡车司机是这样说的。

他从没感到自己在刻意伪装，但现在好像是了。多年前曾有人刨根问底地打听他在恩尼瑟拉的那个夏天，与其说他在掩藏心底的秘密，不如说是在保护自视珍贵的回忆。现在则不同了。不知怎么搞的，过去和现实突然化成一体。此时此刻，露西在想什么？她在每个半明半暗的晨曦中醒来时，又曾想到了什么？会想到他已经听闻她的近况了吗？又会不会想到，他总会找到办法，去了解她那边的进展？

孩子静静地躺着。没有梦去惊扰她，没有什么声响粉碎她空灵的宁静。小小的手指蜷曲着压在脸颊下，小脸蛋也因此变得红红的。

※

上尉意识到，随着妻子的去世，他也失去了某种军人气概。他放任自己松弛下来,像老男人那样粗枝大叶,乏累时就拖着脚步慢慢走,但看在女儿的分上,他让自己衣冠楚楚,以此来弥补底气不足。最近,他在恩尼瑟拉理了发,把手指甲修得短短的,也用心地打好领带。每天早上,他没完没了地擦亮皮鞋,还完全没必要地更换了鞋跟。

可是,和露西交谈还是很难,不像跟布里吉特和亨利聊天那么轻松。对着他俩,他尽述自己最初在哀恸悼念的心绪中漫无目的地游历各方、随便搭上这列或那列火车,时不时会有一两次,他的行动能够完全受控于半失半存的情绪或某种偏好。他也忆起,有一天曾无所事事地坐在公园长椅里,想起了被他留在爱尔兰的几位财产保管者。那时,他抽着细雪茄,恍然发现自己意识到他俩已变得和他一样老了,会忧心靠放牧或许无以为继,万一真的供养不起,就该更担忧他们自身的处境。他曾想过他俩是否还活着,但没有告诉他们。

"我们可以把守门小屋修葺一新,"他对布里吉特说,"要是你们喜欢回那儿住。"

"哎哟,不用了,先生,不用了。除非您想让我们住过去。"

"现在不是我想不想的问题,布里吉特。我欠你们太多了。"

"没有的事,先生,没有。"

"你们把我的女儿养大成人了。"

"任何人都会这么做的呀。尽力而为罢了。如果搬不搬都可以,我们宁可在大屋里忙活。这不算冒昧吧,先生。"

"当然不算。"

露西怎么会跛脚,这些年里又是如何好转的,这些年里,她年纪轻轻又如何变成斯多葛派,如何笃信信仰,以及爱情是如何破灭的——这些都是布里吉特跟他讲的。上尉砍着果园里的荆棘,或是用强力胶修补屋顶瓦片下的漏洞时，想到自己是用这种方式——听他人披露——得知自己亲生女儿自我处置的生活，深觉挫败而卑陋。他和她没有成为彻头彻尾的陌生人，其实已够惊人了，他甘心接受这样的事实。记忆总会回到她尚在襁褓、躺在他的臂弯里的时候；他也去想这个孩子多么牵挂父母，却只能依靠自己的微薄力量生活下去……这些念头横生枝节，搅得他无法如愿地假想出她十四岁、十七岁、二十岁时的模样。现在，这栋破败宅邸里留存着属于她的孤立气氛，她从未去过恩尼瑟拉。长大后就再没有漫步在小镇的大街上，几乎记不得浮在河口的天鹅，几乎忘记堤坝步行大道或是广场音乐台，甚至孩提时就知道的矮墩墩的灯塔小屋……这些事，他都关切：难道她不想去比基劳兰小村杂货店更好的百货店里去购物吗？她又是怎样去看牙医的呢？

餐厅里，他问及此事，才知道有位牙医隔一阵子就从杜伽万过来；这位卜缇斯特大夫每周一次在基劳兰开诊，在他之前则是卡内大夫；周日，还有个容光焕发的年轻助理牧师从恩尼瑟拉来这里清苦的爱尔兰清教教堂。也是布里吉特告诉他，他不在家的这些年里出了哪些离奇古怪的事：有个冬天，院子里的水泵都结冰了；有个周日，她的侄女们前来展示她们的第一套圣餐礼服；还有个阳光明媚的下午，克劳斯比牧师告诉他们，法国沦陷了。那天，贝里佐纳的阳光也很明媚，他没费力气地就回想起来了。

“我还有这些。”他说。当布里吉特进餐厅收盘子和蔬菜碗时，餐桌上散放着意大利山水小镇的彩图明信片。布里吉特回厨房后说，露西很有礼貌地对着每张彩图点了点头，然后把它们拢成了一小叠。

※

拉哈黛通上电了，上尉觉得这是为了女儿好，生活应该便利些。他从上门推销的销售员那里买下了电力真空吸尘器，又有一天回家时带了一只崭新的压力锅。布里吉特用上了吸尘器，但把压力锅束之高阁，因为她觉得那太危险了。

在基劳兰，上尉从丹尼·康顿的修车厂里买了一辆小汽车。战前生产的莫瑞斯十二型，绿黑色，有斜形的后门。这辆车是在一九二一年被主人留在当地的，橡胶轮胎很结实，几乎没怎么用过，即便在当时也算得上是古董了。车被搁置在院子里以后，知更鸟在车盖的折痕里筑巢造窝，鸟粪玷污了黄铜部分，闪光处早已蒙上厚厚的尘土。丹尼·康顿接手了这辆车，按照莫瑞斯车的市场价打了点折扣。

买车，是上尉的又一次努力，企图把女儿从与世隔绝的状态中挽救出来。他开车带她去林荫大道、去恩尼瑟拉的电影院，一路上还教她开车。“今天，去兜兜风吗？”他会这样建议，然后他们就开车去里斯莫或克朗美尔。他带她去科克的歌剧院，之前要先去维多利亚酒店用餐，席间，有位老妇人起身，用颤巍巍的嗓音演唱了《唐豪瑟》咏叹调的最后一段。就餐者们齐声鼓掌，这场景让上尉回想起在爱情岛的爱乐广场上，歌剧《托斯卡》的旋律被军乐声取代。他便谈起那个下午，露西则彬彬有礼地聆听。

※

对拉尔夫来说，待在锯木工场里总是更轻松些。埋头工作就能减轻痛楚；在锯木机的轰鸣和圆盘锯齿的尖利噪音中，在专心致志、小心翼翼的工人们中间，在汗水、树脂和灰尘的气味里，多愁善感就会显得很渺小。他是负责人，必须担负起一切责任。他攀上通往办公室的阶梯，俯瞰那些机械和工人，关上门后，噪音稍有减弱，但隔着门窗还是很吵,尽管如此,他还是很乐意发现万千思绪逃之夭夭。他要收订单、开发票,要在记账本里复杂的栏目下写清数字,要关心传送带的磨损、锯齿的钝化,要计算每周发放的工资,做着这些事,他会无意识地走神;然后,恍如从梦中醒来,他会蓦然返回现实中,茫然而迷惑地瞪着手中的事物或在眼前摊开的文件。

他父亲常来办公室,帮忙处理些当天必须要完成的工作。他父亲没有对他的心不在焉或是突然在办公室里踱几步以期掩饰、又迟迟不踱回来……这类表现发表任何意见。心怀叵测,不是拉尔夫的作风;他父亲会这样说的。工人们也会这么说,等到了晌午,锯木机都停下了,若天气好,就等他们一起坐在阳光下吃三明治。劳根酒吧里,夜里喝酒的人们、到杂货店买东西的妇女们也会这么说,这些都是打小就认识拉尔夫的邻居们。他绝对不会对此有所怀疑,无论是在他领妻子入门的房子,还是给他父母建造的平房里,一秒都不会怀疑。

但有件事开始变成习惯了。当他夜里下班回家时,会说:“我散步去东楠。”然后就朝东楠的方向走去,有时候,工作进展得不顺利,譬如某个机器零件买不到或是按照订单送货上门却遭到拒绝,那这样的散步就似乎是为了将一天下来的压力、忧虑都抛在身后,他好像心里很清楚似的。算不上是谎言的谎言——片面的欺瞒,夸大其词,或是说些空洞的托词——每天都变着法儿出现。他一贯轻蔑于此。

“卡西堤家的小母牛生了吗?”等他晚上散步回来,他的妻子会问些这样的话,要不然就是,“罗斯莫那儿的路开始铺柏油了吗?”

他就会说,那些事情他都没留意。他不想伤害她,尽管她的心满意足看似有点不自然。为什么她丝毫感觉不到痛苦呢?既然这儿明明存在着如许苦楚?

“你以前跟我说的闲话要多些。”她会一笑置之，但那种笑很可能被误认为是心怀抱怨，他就会说修补匠回到席勒十字街了，或是皮尔斯太太摘下了灯笼海棠，可惜摘得太早了，要不就说东楠那儿的溪流水势怎样。

她很擅长打理家，操持起家务来有条不紊，他很喜欢她在这方面的本领。他喜欢她烹饪的菜肴；他喜欢屋子里收拾得干干净净的，也喜欢她轻轻松松地把孩子照顾好。要是他向她吐露压抑在心头的秘密，她准会仔细地聆听，也很严肃，决不插嘴。“事实上，我从未告诉过任何人，”他或许会在坦白后，说这样的结束语，“不止你一个。”但现在忏悔告白、让她看到穿一袭白衣的女孩、看到赖先生的小车、看到端上桌的下午茶已经太晚了，让她仿佛亲眼目睹大浪拍岸、雨水激起浪花时他们并肩站在海边的情景，也太残酷了。

“我在想，应该买下马雷家的斜坡地。”有天晚上他说。

“那块田？”

“你说是田也可以。倒更像是荒地。”

“那么，你为什么想买荒地呢？”

“我会翻整一下，种上些白蜡木。或许还能种枫树。”

一项投资，他说。但他没有补充完整，要找些有兴趣做的事；做些让他有归宿感的事；为未来打下一些基础，趁未来尚未成形时。

“马雷打算卖吗？”

“我怀疑，他从没想过会有人想要那几英亩的地。”

他们坐的地方都快漆黑一片了，他不想点灯，这令他的背叛感又加重了几分。是她点亮了灯。紧接着，她幸福的笑脸就闪现出来，黑发松散披下，有时候到了晚上她就会这样披散着长发。他望着她拉下百叶窗，然后走到他身边坐下。

6

“小淑女，你该穿些质地更好的衣服。”

她母亲曾有件曼图娜牌的外套，在意大利翡冷翠旧桥区的珠宝店里，各类珍珠曾一字排开供她挑选。她母亲从不缺灵气，很快习得意大利式的谈吐和气质，风雅地评论时尚。她母亲非常喜欢贝利尼笔下胖乎乎的小天使，对侍应生和酒店女佣非常和蔼慷慨，说起意大利语也颇为自然。街上的乞丐们都能认得出她母亲，因为她的乐善好施在蒙特马莫洛镇被传为美谈。

露西在餐室里听着，不时点点头。“我以前总穿她的衣服。”她说。

“那是，当然。”

“现在都穿旧了。”

“要不要给你买些新衣服?”

她摇摇头。她穿的衣服都是自己选的。她看向别处，看向壁炉尚未点亮的炉火，还有壁炉上方黑色支架上的饰纹，墙纸上熟悉的蓝色条纹。她推开盘子,里面还有些食物,但她不想吃了。多么糟糕的傻念头正盘踞在她的脑海啊?这么多年来,千等万等,等来的只是一个老人的唠叨吗?

“那儿有个阳台,”他在说,“人们打下面经过时都会高喊,‘祝你们胃口好!’,等桌布都铺好了,可以上午餐了,魔术师变出的蝴蝶消失又出现。到了圣塞西莉亚节,还有游街表演,到处都是表演。”

她把刀叉并到一处。她或许想到了一些纠结的影像,但都太脆弱,仿佛经不起触碰一般经不起滔滔不绝地浪费在餐厅里,隔着桌上的杯盘菜肴,她想那也太珍贵,不能沦落为闲谈琐事。要妥协的,她都妥协了;但现在却做不到,无论如何也无法矫饰。她悲伤不起来,哪怕她的母亲已不在人世,似乎那也只是一桩事实罢了。

“米特切尔群洞?”她父亲在问。

“我没去过。”

“我们去吧?”

“如果您想去,就去。”

※

几天后,上尉过了七十岁生日,尽管他很想,最终却没有声张。他愿意和女儿分享七十古来稀的纪念日,然而,随着那天慢慢逝去,终究没有机缘谈及此事。跨越标志老年的新界碑时,他不能安慰自己,更无法慰藉她。

他在替她受罪。他很理解,她的个性特质不让她把别人拽进她忧虑不安的生活中:因此,她变得非同寻常,却不自知。就算有了可供慰藉的人,她也浑然不知。

晚餐后，他们坐在挂有肖像画的休息室里打发夜晚，她的陪伴是带有责任感的。她看书。他抽细雪茄，再喝一点威士忌。每天晚上都是如此。

但有一次，露西略有烦躁，她把书搁在一边，茫茫然地呆坐片刻，又从沙发桌上拿来刺绣盒，放在地板上。她跪在那儿，挑出一束束丝线、一根根细针、画在纸上的花样、一截截短铅笔、几块亚麻布，还有削笔刀和橡皮。她父亲在一旁看着，她铺开一大块长方形的麻布，上面已经有了她亲手绘制的图案。她把它摊在壁炉前的地毯上，很靠近他的座位。画面中的海鸥依稀可辨，似乎只是沙滩上的小斑点；曲折蜿蜒的一笔勾勒出海崖下的滩砾；两个人站在礁石尖上，伸手指向大海。但她放弃了绣工，当他眼睁睁看着她把所有工具一一放回刺绣盒时，她的眼泪落了下来。绘着其它景象的绣布都被一一检视，再轻轻捆扎起来，但这一幅画留在原地。

“小淑女。”他喃喃出声，可她没有听见。

那天夜里，他躺在床上睡不着，想到海洛薇兹必会处理好这类局面，聪慧的她一定会知道该对女儿说什么、怎么说。她能把聪慧付诸实际。当初他们搬到拉哈黛时，是海洛薇兹贴好了卧室里的墙纸，也是她坚持认为早餐室里的烟火气可以消除，事实证明她说得没错，也是她安排好夏季派对，到了十二月，她还会在客厅里装点圣诞树，迎接基劳兰来的孩子们。

他起身点亮床边灯，打量墙纸上褪了色的玫瑰，再熄了灯。黑暗中，他下了床，到两扇窗之间的沙发上躺下来；睡不着时，他常常这么做。还有一两次，他踮着脚尖走过卧室间的地板，就为了凝视披散在枕上的柔软金发，她的眼睛轻柔地紧闭着。但这天晚上，他没有那么做。

他闭眼假寐，后来，他便轻松地回到意大利某个教堂，看守圣器的信徒女念起了晚祷文；广场上的树荫下，男人们玩起了纸牌。“爱得不到满足时，就会非常贪婪。”他们深一脚浅一脚走在块石起伏的小路上时，海洛薇兹曾这么提醒过他，“埃弗拉德，难道你不记得了吗？极度需要爱，就会不讲道理。”

※

露西心想，随便在哪里都好，只要别待在这里。她真希望自己没有答应父亲到米特切尔群洞来探险。

清晨潮气很重，只有她和父亲两位游客。导游照亮了道路，他们攀上钟乳石下滑溜溜的岩石，群洞各有名号：平民屋、地主宅、金斯顿画廊、奥莱蕤家。他们等了一会儿，才看到此地特有的蜘蛛从石头缝里钻出来，然后徒步去给群洞命名的小村镇。最吸引人的景物就是宽敞的广场、给身无分文的清教徒使用的乔治王时代优雅风格的庇护所。昔日那庄严的米特切尔城堡所剩无几，就在那些人把汽油桶拎到拉哈黛的那年夏天，城堡就被烧成废墟、掠夺一空。

“那家人古里古怪的，”她父亲说，“那些又穷又疯的金斯顿。”

他们开车离去，雨已化作雾。车子开过时，清理沟渠的男人们向他们挥手致意。一路上没有遇到别人，直到他们在富莫伊停车休息，她父亲从军时就对这座小镇非常熟悉。“你知道富莫伊吗？”她想起拉尔夫问过这地方，她当然是不知道的。在他还没发现拉哈黛之前，就曾在某个周三下午开着赖先生的车去过富莫伊。他说过，认识她之前，曾开车兜遍了科克郡的大部分城镇，而她则幻想着自己和他同行，现在也和他在一起。

“这老镇很漂亮。”她父亲说。

他们走在一条空无一人的人行道上，潮雾依然浓重。空气里有股烧草的气味，很腻人。牛群都被赶到大街上了。

“我们可以在这儿喝杯咖啡吗?”她父亲说。

就在一家酒店空寂的大堂里喝，一座钟在轻轻地走。有个女侍者穿着黑白制服，站在窗外，窗帘上的蕾丝边被稍稍拉开了一点。他们脱下外套，和围巾一起叠好，放在一张空落落的沙发里。他们在扶手椅里坐定，当侍者走来时，他们点了咖啡。

“再来点——饼干，行吗?”露西的父亲问。

“我会给您送来的，先生。”

钟敲响了十二点。侍者再次出现，端来了咖啡壶、牛奶和一盘粉色糖霜小饼干。一对上了年纪的夫妇走了进来，老太太挽着伴侣的臂弯。他们在窗边坐下，恰是侍者刚才站立的位置。“我们还需要些钉子，”他们落座后，老先生突然想起来，说道，“还有杀虫粉。”

露西把饼干一掰为二。咖啡有股焦味，甜甜的糖霜可以缓解这种口感。婚姻不再是天长地久的了。婚姻可以被弃之一旁，在此时的爱尔兰，这事儿很常见。

“那个导游所知不多啊。”她父亲说。

“不太多。”

侍者为刚进来的老夫妻上了茶。她说，在富莫伊，这种天气还算不错。老太太说他们知道，但你可能不知道街上的情况如何。女侍者答，哦，是有些让人惊讶。牛群早上六点钟就进村子了，她早先还观望过它们。离开客人的咖啡桌前，她说自己是格兰沃斯人，以前就常看到牛群整夜在路上走，要去富莫伊集市。

“我们是这儿的老住户啦。”老妇人隔着大堂高声说道，露西想挤出一个笑容。她父亲则说，他很久以前就知道这家酒店了。

“到了现在，一切都是很久以前的事啦。”老妇人回答说。

茶匙在杯盏间咔嗒作响。那座钟在静寂中滴答滴答地走；然后，老先生的低声私语提高了音量，因为他的伴侣暗示自己听不见。他说，在这里大声喧哗，他感到很不好意思。不管是不是聒噪，他是真的面露羞愧。

“小淑女。”

方才，她父亲已想引起她的注意力；她意识到了。

“对不起。”她说。

“早先，我写了些信，都没有寄出。”

她不明白；她不知道他指的是哪些信。她摇摇头。

在这种情况下，听者询问缘由是很自然的，她父亲便解释：自己如何给每个信封贴好邮票，之后又如何带着信游历。多年后他才放弃了那些信，一封一封扔进火里，目睹每张纸瞬间变得焦黑，然后消失无踪。

“就到那种地步。”他说，她母亲甚至不想听到爱尔兰的音信，他是出于爱才那样殷勤，却反而过了头，无法让她接受比画中景色更离奇的奇迹。他不是在寻求她的感伤共鸣，只是简单地陈述这些事实，仿佛在为自己犯下的什么疏忽道歉。

她点着头。小说里，人们会一走了之。小说是反映现实的，世界上所有的悲观绝望和所有的幸福快乐，哪样都不少。假如他们有过错、行事愚蠢，难道——在现实中也一样——不该拨乱反正吗？在她父亲沉默不语、她也沉默不语的时候，那些借口、应该关心的最重要的事情，以及每一样被如此频繁重复的渴望和恳求：说过的一言一语，写过的一字一句，全都汇成洪流翻腾在露西的脑海里。她听老人怨气十足地说,人们离开这栋大屋时都会注意到衣服上有了跳蚤,痒得你都坐不定、站不直。

“我不能不告诉你,”她父亲说,“你母亲的负疚感,是她自己无法承受的。”

“我很高兴你能告诉我这些。”

老先生站起来。雨已经停了,两人一起收拾衣物。钱币已经留在桌上了,慢慢地,老夫妻走了,彼此相依相偎。上尉和他的女儿在沉默中坐着。

※

马雷家的斜坡地里,挖土机来来回回地穿过整片地,一遍又一遍捣松石块,直到能把它们挖出来、堆在一旁。为了防野兔,每一寸篱笆都需要翻新加固,篱笆下的捕兔洞挖了有六英寸深。昨天,拉尔夫已经预订了树苗。白腊木和枫树会改良这地方的风景,等树苗生根发枝、长结实了之后,隔着几英里就能看得到这片新树林。

他站在陡峭的斜坡顶边,看到一只兔子,然后又看到一只,急匆匆地跑进草丛里的土块间。*多少次了啊,多想回到拉哈黛啊。多少次了啊,我是多么傻。*他清楚地记得写下这些词句时的感受,然后就是词穷意断,那张纸只在他身边保存了一天。*我们怎么会如此失之交臂?*

还能怎样?坐在草地上的板条桌旁,再同行漫步过沙砾海滩,见见她父亲,然后开车离去?挖土机的马达重新启动前,杂乱无章地响了一阵。那些野兔,好像根本没受到干扰,照样跑来跑去。

又是一个周三下午,他们会注意到这种巧合,也会说出来。会有阳光从栗树高枝间泻下,白色的客厅大门半开半掩。铺着圆石子的院落里会是一片宁静，落在烟囱上的白嘴鸦会像石头般一动不动。会有她的笑声和微笑的面容，会有她的话音。他会不想再离开。整个余生，他都会不想离开那里。

挖土机司机跳下车，走斜坡过来，说他晚些时候会回来射杀兔子。用拖拉机的头灯照明，然后就是捡死兔的活儿了，一晚上说不定能逮到一百只呢。要不然，你就耗上一辈子和它们斗。

拉尔夫点头说："谢了。"那男人点了一根烟，要聊聊兔子，想借机偷个懒。"你随时都可以过来。"拉尔夫说。下周吧，那男人保证之后，再慢吞吞地走向了他的挖土机。

哪怕几分钟也好，哪怕只是往里头瞥一眼。那能错到哪里去？"兰布林，"他会说，"在兰布林，有些老橡树刚被砍伐。"就在早餐最后一杯茶的时候，餐盘还没从桌上撤走，他尽可以随随便便地提起这事儿，说自己大概会过去看看有什么好货色。"我们的生意仍然没起色。我实在不想错过这批好木材。"那么，三明治就会准备好，供他一路上充饥，他会等一切准备好再上路，包括一瓶满满的茶水。克朗洛奇镇、巴利雅尼镇，开车经过兰布林区的时候不用着急，因为紧赶慢赶的感觉会有点不对头。途中停车休息时，他会觉得没胃口吃三明治，便犹豫着该把它们怎么办，最后肯定会掰碎了喂鸟吃，然后再启程上路。等他开到拉哈黛，她父亲会率先伸出手来，一开始她会不在场，然后再从大屋里出来。他闭起眼睛，这些幻景仍然萦绕不去，可真的消散无影时，他又不愿意了。

兔子还在无忧无虑地跑来跑去。挖土机来来回回地翻捣土地。又有一块大石头被堆上了石头堆。

"哦，上帝啊！"拉尔夫发出了祈祷声，并感到热泪滚滚涌上眼帘，"哦，上帝啊，您的仁慈现在到哪里去了？"

7

亨利看到有访客，但想不出会是谁。他在绣球花草坪上的树上剪树枝，正要把干枝捆成束。远远望去，门厅口的人影模模糊糊。正当亨利眺望时，那个人影进了门，走入了大屋。

那天下午，露西把蘑菇带到厨房时，布里吉特说："来了个男人。"

露西已经把果园里的蘑菇都采好了，全都倒在沥水池上的扁篮里。

"是谁?"

布里吉特揉着做面包用的面团，摇了摇头。她说，没听到前门门铃响。

"你父亲从客厅里把我叫过去，让我准备妥了就去上茶。"她说，不管那是谁，都可能只是路过此地，随便坐坐。"你父亲还问起你是不是在附近。"

"我?"

"他问你去哪儿了。"

这里不经常有访客。一年多前，沙利文先生不再自己开车了。几个月来，唯一到这里来的陌生人就是一大早来演示真空吸尘器的销售员，上尉后来买下了那款。要是奥瑞利家的人来、圣诞节时奥瑞利太太带酒来、或是电力局的人来抄电表，都不会往正厅门走。有时候——并非是经常——邮递员要到傍晚时分才来，但邮递员不会受邀到休息室里喝茶。

“我把水壶放在炉子上。”布里吉特说着，在围裙上拍拍沾着面粉的手。

“我要去送茶水。”

她不敢再多说了。布里吉特是不是听到了谁的说话声？是不是休息室的门尚未阖上时，只言片语飘进了她耳朵里？露西没有问。她激动得浑身颤抖，冷静而愉悦的感情汹涌而来，好像打了一个激灵。还会有谁路过此地？

※

亨利抱着一捆干树枝走到了昔日的喂养场，以前这里有非常多的母鸡和火鸡。他解开绳索，将树枝松摊在地，再码到已堆整齐的一大堆树枝上。

“是谁过来了？”到了厨房，他问，一边摘掉勾在毛衣上的小木茬。

布里吉特说她不知道，手里的活儿没停，忙着往两只马口罐里倒准备好的面糊。

她打开烤箱门。要送到休息室的托盘上已放好了茶具，炉子上的水壶开始叫了。

“那些蘑菇真不错。”亨利说着，从水池旁捡起了一朵。

※

露西在卧室里梳头，她不着急。梳妆镜里，她的眼睛正看着她自己，那么明亮，那么专注，仿佛是在看别的什么人。她的双唇微启，如同微笑的开端；她的长发松散披肩，象牙梳仍在一下一下地梳理中。等她端着茶盘进去时，屋子里的人会同时转过头来。“我们总算见面了。”布里吉特听到了这句话，但没听出来是谁说的；说话人应该是露西的父亲。

朝窗外看看来者开的是什么车，并不会破坏这一切，就算看到，她也无法从中得知任何信息；显然也不可能是那辆有折叠椅的老雷诺。可当她望出去，却发现没有车。

她把短上衣和半裙换成了连衣裙。他会不会是坐火车来了恩尼瑟拉？或是到杜伽万？哪条路比较短？她拼命回忆，杜伽万有没有火车站？更可能的是，他坐巴士到沃特福德下，再转车到科瑞丽十字路。剩下的路，他可能是步行过来的；起码要走一个多小时吧，可即便这样，也比坐火车快，姑且就算有火车吧。

她把连衣裙的带子系好，又找出了一条项链。再次照镜子时，她抹掉刚才涂上的口红，又换了另一种颜色。他见到她父亲会害羞吗？她父亲会喜欢他吗？没有人会不喜欢他的，尽管他的出现会带来某些麻烦，她父亲终究是希望她幸福的。她父亲会希望一切重新回到正轨。

她往双颊扑了点粉。刚才她满脸通红，但现在红晕尽褪。她在想，布里吉特会不会猜到她在想什么，要是她真的注意到她有过片刻犹疑的话。她在想，他变了多少。

她轻轻关上门，走下楼。当她走进厨房时，他们看着她，面露惊异之色。布里吉特刚把搅和面包面糊的褐色大碗放回木架，亨利背靠水池站着。

“茶泡好了吗？”她问布里吉特，布里吉特说还没泡。

“那我来吧。”

他到这里来，会让他们大吃一惊。但更令他们惊异的是，她为他装扮一新，为了这个已婚男人。她没去想，生活得简朴单纯的他俩会对此事作何感想。

她泡好了茶。布里吉特给面包涂好了黄油，还有一块从基劳兰带回来的蛋糕，她也填入了果酱夹心，蛋糕现在只剩一半了。前门外停了一辆自行车，亨利这么说时，露西则幻想出巴士到达科瑞丽十字路站时，拉尔夫的双臂如何抬起，将自行车从车顶上搬下来。当然，他可能是骑自行车过来的。他知道从十字路过来有多少路，所以，他当然可能选择骑车。

“茶点很漂亮，布里吉特。”她说着，端起托盘，走出了厨房，穿过过道，走进客厅。前门还是敞开着，她父亲习惯让门大开，即使天很冷也不例外。大厅里，她把茶盘搁在长条桌上时，瞥见了自行车的后轮。自从她父亲回来后，那张长桌上的东西就多杂起来，天气好时，他要戴的白帽子会顺手放在桌上；去果园干活时他会扯下领带搁在那里。账单在桌上积攒，寄来时的褐色信封也摊在一旁。还有零钱和钥匙。

楼梯下的凹室里挂着一面小镜子，她对镜正了正衣领，把一缕头发抚好。然后，她打开休息室的房门，茶盘稳稳地端在另一只手上。

※

“我看到脚踏车在那里，从林子里走下来的时候，”亨利在厨房里说，“弗利军士的车，我琢磨着是。”

“弗利来干吗？”

“但不是他的车。我仔细瞧了瞧，不是的。”

亨利把那辆车描绘了一番：黑铁车架钝无光泽，挡泥板被碰撞过，车座下的弹簧无异于一团线圈，还翘了出去。布里吉特没在听。亨利说，他以为那是弗利军士的车，因为那看起来就像是护卫队用的自行车。

“接着我就想到，可能是小奥瑞利。但后来我望进去，就知道不是了。”

布里吉特洗刷烘烤板的手停顿下来。“根本不是她想的那人？”

很缓慢地，亨利摇摇头。“我会告诉你的，那是谁。”

※

“进来，进来，女儿。”她父亲说。

坐在弹子球桌旁扶手椅里的男人没有看向她。他很紧张，一只手的手指使劲揉擦另一只手的指关节，头略略倾斜。一身套装是黑色斜纹哔叽面料的，一侧翻领上的“先锋者”徽章沉沉不动。领带在寒酸的衣领上紧紧扎成结。自行车钥匙扣还别在暗色军裤的裤腰上。

“茶。”她好不容易挣扎出一声来，并发现那个男人抬起了头，朝她看过来。他的双眼毫无神情可言；那种空洞令他的模样非同寻常。他的双手探下去，解开了自行车钥匙的扣环。

“啊，茶来了。”她父亲说，茶杯茶碟放下时发出清脆的磕碰声，“或者，您愿意来杯威士忌吗，荷瑞翰先生？”

他不能喝威士忌，这个男人回答，似乎没注意到有人送茶进来了。

她父亲对她说，这个人的肩膀还好，他刚刚问过了此事，对方说那伤口从不碍事。他在门厅见到他时都没有认出来是谁，她父亲说，但一听到姓名就想起来了。“荷瑞翰先生。”他说，又补充说，他刚刚对荷瑞翰先生说，过去的事都过去了。

她听不懂。她不知道这个人是谁。她不明白父亲说的这些是什么意思。她从未见过这个人。

“一杯矿泉水就行了，如果方便的话。”这人说着，碰了碰衣领上的徽章。

于是，她转身走出门。她听到父亲在身后叫她。他把她刚刚关上的门打开。他又在客厅里喊了她一声，说一切都好。可她那时候已经走出屋子了，跑在了沙砾地上。

※

“可是，看在上帝的分啊，”布里吉特心烦意乱，一遍遍地说，“他想要什么？他为什么到这儿来？”

她抬起手，在壁炉架上摸到一直放在那儿的念珠串。她闭上眼睛，在原地靠墙而立，脸孔变得惨白，就像依然落在她黑色衣裙上的面粉。

亨利从桌边拉出一把椅子，坐着，看着她的手指数着念珠，她的嘴唇在无声地动，恳求圣母。后来，休息室的呼叫铃突然响了，锈钝的绳索摇晃起来，引起了他俩的注意。布里吉特睁开眼睛。她说，她没法进那间屋子，于是，亨利去了。自从上尉和夫人在二十九年前离开后，只有门厅铃铛响过，这是第一次从别的房间发出召唤。铃声透过困惑不堪的混乱心境，连同强烈愤慨的情感，唤醒了布里吉特的知觉。

“他不喝茶。”亨利回厨房说，“他要柠檬矿泉水。”他走到了藏有柠檬水晶粉的橱柜前。

“都是陈年的旧东西了。”布里吉特说，看着他翻出剩在一个瓶底的结晶物。

“管用。”亨利把找到的那点儿晶粉倒入玻璃杯，直接从水龙头里接了凉水。布里吉特说，该用热水，否则那些小颗粒融化不了。

“可是，圣母玛丽亚万福啊，”她突然又大叫一声，“我们在想什么呢，竟要给这个男人送柠檬水？”

※

休息室里，上尉说道：“我担心你惹我女儿生气了。老实说，我把你从门厅领进来时，还是不知道你是谁。”

“最近我没有工作，先生。那天，您和沙利文先生外出，走在步行大道那会儿，我刚好了结了兵营里的事。”

“你当过兵？”

“看到您的那天，我没有活儿要干，先生。后来我就到内德·维兰那儿打工了。他雇佣我，是因为我在军营里有铺路修路的经验。”

亨利端着柠檬水进来了，但好像对上尉来说，这玩意儿好歹是不需要了。那个男人先前大模大样进了客厅，现在多嘴多舌却又戛然而止。亨利走近他的时候，他缩回身子，靠在椅背里。亨利不知道该怎么办，便把那杯柠檬水放在了地板上。

“我们在厨房，您还有吩咐就请拉铃。”说完，他就退下了。他还脱下了帽子。关门前，还忧心忡忡地回望了一眼。

“他是谁，先生？”

“我们的家仆，亨利。”

“我对陌生人很谨慎，先生。”

“荷瑞翰先生，您为什么来这里？”

“内德·维兰两天前让我走，先生。我说这个，免得您还不知道，先生，我的情况。”

上尉端起给自己倒的那杯茶。接着，说他有点困惑。

他又说，很欢迎对方来作客；并重申，过去的事已经过去了；他不希望出现礼数不周的局面。纵使如此，他还是困惑不解。

“时光流逝，尘埃落定，对我们都一样，荷瑞翰先生。但如果您没有再度造访此地，或许会更好。”

说到这里，他突然想到，这人是来找工作的，因为他说了，自己没活儿干。那就未免太离奇了，很久以前他试图烧毁这栋大屋，现在竟带着这种想法回来，这似乎不太可能。上尉决定挑明了说：“恐怕我们这里帮不到你。如果您想找份差事的话。”

对方没反应：没有反驳，也没有任何答复。这位访客沉默了好几分钟，又说：“我们三人在广场音乐台下抽着烟，我说，我们为什么不去教训教训他们？是我说的，接着就是，为什么不去向费赫利先生讨点经验？”

“都是很久以前的事儿啦。”

“‘把狗干掉。第一步，你们就要把狗都干掉。’费赫利先生那儿还有一帖毒药，还会为我们准备好脚踏车，这也是他说的，‘把地形搞清楚。到天黑才能行动。’费赫利先生是为爱尔兰作出牺牲的残疾人，先生。他背部有碎骨头，有只手少了两只指头。他说：‘瞧瞧我们的汽油还有多少。’然后装满，一滴都不剩。他又说，‘不管你们带过去什么，都要做好掩饰。’他又教了我们一些窍门。他有一张防雨布，可以用来遮盖汽油桶，这样运到栏杆前就比较安全。‘一路上别在其它地方逗留，要是你们停下来抽烟，要格外小心。'你们要反复默记每个步骤，直到正确背熟为止。打碎一块窗玻璃，从破洞伸手进去摸到插销。抬起窗扇，把汽油使劲往里泼。泼在窗帘布上，泼在附近每一种布类软垫上，有羽毛才能迅速着火。拉响铃绳，把大屋里的人叫醒。必须等到楼上亮起一盏灯，你才能擦着火柴。把火柴盒带回来。别把火柴盒到处乱放。"

"把你的柠檬水拿来喝了吧，荷瑞翰先生，像个好人那样。所有这一切，最好还是忘了吧。"

上尉站起来。

"先生，有些事，您是不会知道的。"他的访客说。

"唔，是的，是会有，不过都一样，最好还是忘了吧。"

"有个教会的兄弟，以前总对我们说，大屋就是敌人。先生，您听说过白衣男孩[①]吗？"

"哦，确实听说过。"

"后来还有丝带男孩。再后来，有了乡间学校[②]。教会兄弟会向我们一一说明。白衣男孩怎么给自己起名字——断木机、割草机、无畏者、纵火者这类他喜欢的名称。大功告成，那些绰号又如何在民间传开。先生，在军营里的那几年里，我是个好兵。"

"我懂。"

"我报名参军，是想到我曾经有过那样的梦想。"

"噢。"

---

① 白衣会会员，大约出现在一七六〇年前后，是一个爱尔兰农民秘密组织成员，夜间活动时身穿白衣。

② 乡间学校，指的是十九世纪爱尔兰的民间教学。知识分子在户外教学传播历史文化，针对农民阶层，有时在篱笆墙下，有时在谷仓里。教学内容包括语法、基础数学，甚至还有拉丁文和历史。

“在军营里我的心从没踏实过。先生，那件事之后我就没踏实过，尽管我的日子一向平静无奇。我在火车站工作时，唯一称得上惊心动魄的事情就是奥古斯都学校外出那次，到科克郡的火车会晚点，霍尼先生要在海滩上作画，但等不到奥古斯都的孩子们看到，颜料就会被海水冲走。那年同一个月，皮耶罗喜剧团来，他们有个草编篮筐，上面有个盖子，我把篮筐滚上手推车，帮他们送上月台，他们就会给我几个铜板。还有一次，少年军在月台下表演，没有人在意我站在那里观看。当时，大概只有六七个男孩，戴着他们的小鼓手帽。打那以后，我再也没见过那样的帽子，先生，是不是帽子也一起消失在过去了？”

“大概是吧。”

“一开始，我在火车站干得挺好的。我和一个姑娘约会，总会一路散步去看天鹅。有条小狗会从小烟铺里跑出来，总喜欢咬她的高跟鞋鞋跟，她就训斥它，好像它是个小娃娃。‘等一下，我给你看这个。’我这么对她说，然后露出了肩膀。要显示出你是个大人物，才能和姑娘长久下去。噢，我和她相处得很不错。‘你在哪里被打伤的？’她问我，我答了，然后她说，她不知道我是喜欢那种事的小伙子。老实说，伤疤都快看不见了，但不管怎么说，后来我再也没能和她约会散步了。我去找她，她就躲。要是我看到她在周日教堂里望弥撒，她还会急急忙忙跑开。”

“唉，我深表遗憾。”

“直到那些梦出现，我才领悟了真相。先生，那时候我真的悟到了。从那之后，我再也不能安心。先生，我被那些梦吓坏了。”

上尉在想，这个年轻人有没有来过这栋大屋？自己这么多年不在家，也不知他有没有来拜访过？要是真的来过，似乎也从未有人提及，上尉还闪过一个念头，怀疑所有人是不是在瞒着他，故意不讲给他听，他们经常不去说让人心烦意乱的事。但不管是他女儿还是亨利进屋时的态度，似乎都在暗示，那种可能性不大。

退伍老兵在扶手椅里，坐得尴尬而僵硬，印证了他自己所谈及的那份不安。他不止一次陷入沉默，再继续残章短句式的碎语，两只手在衣服上摸索，每次沉默不语，手指逗留的地方都不同，好像在搜寻什么。他俩会突然沉默，颇为唐突，访客的指关节便又会被另一只手的手指或手掌用力地搓揉。他的眼睛自始至终都睨着地板或是壁板上的死角。

“您大概已经知道了，先生，那两个人一起搬走了。”

“你说的那两个人是谁，荷瑞翰先生？”

“他们很早以前就离开这里了，先生。”

“那天晚上来这里的小伙子，是不是？他们移民了，是吧？”

上尉想起，当他发现自己射中了站在草场里的某个年轻人后，懊恼和惊恐攫住了自己，紧接着，看到年轻人没有倒地，心里又长舒了一口气。那男孩趺趺撞撞往前冲了几步，他的同伴随后扶着他走。

“那是一次意外。”他说，“无意伤害谁。我很抱歉，那件事。”

他点上细雪茄，觉得迫切需要吸上一口，穿过房间给自己添威士忌时，他瞄到了窗边靠着一辆自行车，他怀疑就是这辆车两次载着那人到这里来的。他还想知道，那天晚上，荷瑞翰的两个同伴是怎样把他送回恩尼瑟拉的。带着伤员骑三辆车可不太容易。倒出的威士忌比预计的多。他慢慢地踱回自己的座椅。

“没有人那么说，先生。和你交往的姑娘不愿意说，因为那么糟的事情对谁说都不合适。同样，恩尼瑟拉的村民们也不会那么说。在店里，人们也不。我母亲生前也不会说那只是意外。上帝赐她安息。军营里的小伙子就更不会了。内德·维兰的雇员里，也不会有谁那么说，先生。”

“荷瑞翰先生，您能否告诉我，他们不愿说什么？”

上尉的语气很平缓，估摸着，越是平心静气，他就越能从容地对待这场对话。他想起了那位母亲——他前去拜访他家时，她面无表情，衣着晦暗，穿着地毯拖鞋。她和她丈夫一样敌意汹汹，哪怕她一言不发。

“先生，在您听到军歌唱响之前，放映室就已经灯火通明了。出来消遣的人们什么都不会说。男人不说，女人也不谈。你们已经完成营房外的日常操练，那些事总是一成不变。你去打饭，一个字也不需要说。先生，是圣母把您带回来了。”

刹那间，他的怜悯心油然而起，上尉为之震惊，并想象着这个备受折磨的人在军营里，在练兵场里与别人格格不入，人们在他身后指指点点、窃笑不已，到了夜里，他还得独自在噩梦中挣扎。他仿佛能看到，当国歌奏起时，他在恩尼瑟拉的放映室里站成立正的姿势。在他目不转睛凝视的空空银幕上，是否填满了他痛苦的种种臆想？是否，当他在街上、在海边、在天鹅浮动的港湾里，那些痛苦臆想会反复袭来？

“我看到你们走在步行大道的那天，先生，我是受了圣母的召唤。”

※

几只蜜蜂在蜂房外盘旋，大部分蜜蜂都在蜂房里劳作。蜜蜂从来不蛰她，除了一次，她穿鞋时发现有只黄蜂在鞋里，她母亲在伤口上涂了些凉丝丝的东西，还读了一上午的《格林童话》给她听。很久之后，当她母亲不在这里了，亨利在梨树墙的缝隙里找到黄蜂巢。当拉尔夫问她最喜欢待在何处时，她说：“有时候我认为是海滩，要不就是放了踏脚石的小溪流；但有时候，我觉得应该是果园。”他们采摘了成熟了的巴斯美人，现在，又是苹果熟透的时节，红彤彤的一片，就像汉娜的脸颊——至少,在她最后一次见她时。阳光下,布里吉特的茶巾搭在黑醋栗矮木丛上晾着。毛巾布变得硬邦邦的了。她一一捡起来,生怕下雨淋湿了。

一只牧羊犬慢悠悠地走过院落,凑到她身边。她摸摸它脑袋上光滑、黝黑的毛皮,感觉它贴近她大腿的压力。冬天里,她喜欢靠近饲养场里点起的篝火坐,布里吉特还说,她小时候就爱坐在火堆旁。现在,露西就在这里,站在树荫重重的阴翳里。多年前,这儿就不再点篝火了,用途变了。“我们能把柴火堆在这里吗?”亨利曾问过她,假装她的意见很重要似的。那时候,她十一岁。

她坐在那儿的一张小凳上,那以前是厨房里的一把椅子,用到椅背掉下来为止。牧羊犬没有跟她过来,沿着狗道跑远,躲开了这里的阴凉。她听到院落里传来亨利的脚步声,他说,来的人是荷瑞翰。她不知道荷瑞翰是谁,只不过她父亲也这么说罢了。她问亨利,他便将缘由告诉她。他从她手里拿过茶巾布,说,他正好要去厨房。

“那时候,荷瑞翰的脑子不太灵光。”他说。

她站在养鸡场的门口,目送亨利穿过院子,走进大屋。看起来,重返拉哈黛的一切无论如何也没法归咎于那个男人,归咎于他不太灵光的脑袋。拉尔夫出发了吗?他会不会开车过来,只剩一点路了?今天就能到,下午就能到?这能解释她如此强烈的直觉吗?会不会,就是现在,会有一辆车驶入大门口那空落落的大道,却又掉头离去?

“哦,是的。”她喃喃自语,确认了某种依稀尚存的真实感,哪怕转瞬即逝。“就是今天。”

她又走进果园,然后是草丛疯长的花园。她觉得体内虚弱,仿佛突然间她已经老了。他会知道的。他会知道她因自己的愚蠢而受苦受罪。早晚有一天，会有一封悲伤的回信寄给她，她会愿意亲手重写，会努力尝试，但或许终究不能。

她想知道那个男人是否已经走了，从花园走回去的一路上要经过院落、拱廊、前厅门，但她看到那辆车还在原地。门厅里，她听得见说话声。她本可以转身走开的，她本可以直接上楼去。但有什么事似乎还没做完，所以她没有躲开。

“来一杯吗?”她父亲在休息室里问对方，“或者，我想茶还是暖的。”

她摇摇头。她能从他的眼神里看出来，他已猜到有人告诉了她这位访客的实情。她有点不明白，他是何时明白的呢? 为什么他没有让他走?

“荷瑞翰先生当过兵。”她父亲说。

那幅绘着海滩双人影的绣品搭在沙发扶手上，一条淡蓝色的丝线从针眼垂下。她始终没找到想要的颜色，这儿那儿都留着白。她把绣布卷起来，用针固定好，再放回刺绣盒里。

“和我们一起坐会儿吧，女儿。”她父亲说。

她看着他又自斟了一杯酒。他给她也倒了一杯，尽管她刚刚说她不喝酒。他把酒杯递给她，她谢过。一只鸟飞过，翅膀扑楞着打在窗玻璃上，急切扇动片刻后，小鸟镇定下来，飞走了。

那个人一直在咕咕哝哝。

※

他给精神病院油漆窗框的时候，会突然看到一个病人，甚至两三个，隔着栏杆和你握握手，问问有没有多余的灰泥，他会滚几个泥球给他们，或是放在里面的窗台上。“噢，我知道你是谁。”有一次，有个病人这么说，别的病人都吵嚷起来，想听下文。“难道我会不知道你是谁?”

练兵场上的某个军士这么说，还有个家伙从费兰酒吧里出来时也这么说，眼神游移，喝得醉醺醺的。还有个小伙子说："又是一个为爱尔兰献身的残疾人。"窗帘飘起来，衬着天空的背景。

"每天，我都给那个孩子点一根蜡烛。"

他抬起眼帘，四顾这个从未修整过的房间，甚至都没有换上新的玻璃窗，甚至都没有洗刷过发黑了的墙壁。几乎烧个精光，家具还在原位，玻璃碎茬遍布地板，窗帘变成破布荡下来。"上帝啊，快点啊，"那两个人说，"老天爷啊，别往回看。"

他跪下来，碎玻璃扎痛了他。再站起来时，热乎乎的血从腿上滴下来，他说，又给这间屋子带来了鲜血，他真的很抱歉。

"只有影子。"他说完，又解释，因为别人是不可能知道的。当他回头看时，烟雾里只有人影绰绰，抬着孩子的尸体。

※

"这是我女儿，荷瑞翰先生。我女儿，就是一直留在这里的那个孩子。"

楼上，有扇门轻轻关上了，海上清风吹来时，时常会有门被吹上，门把手嘎啦嘎啦响，因为把手已经松了。房间里沉默得很，露西很想开口，说自己本可以嫁给深爱的男子，说她父亲和母亲被生生赶出了自家宅邸，说她母亲再也没能走出悲恸伤情。这就是事实。她走进休息室就是为了说这些，因为只剩下这些话可以说了，然而她终究还是没说出来。早些时候，她插了些花布置在房里，白色风铃草，衬着被阳光晒淡的墙纸显得格外苍白。她父亲的小雪茄散发出袅袅无力的青烟。

"今天很愉快，因为您能重返此地。"她父亲说。

她以为自己听错了,这份宾客礼仪显得太不正常了。一吐为快的冲动又涌上她心头,说说他们一家的生活就这样被摧毁了,说说昔日的欢乐幸福之地却被恐惧和混乱取代了,说说那种苦楚。然而,她的愤怒再一次崩落,无法爆发。

"那,好吧。"她父亲说,走到门口,打开门,站在门厅那儿说,"一路小心。"

她跟着他,好像他请求她如此,其实根本不是那样。门外,斜斜的夕阳扫过海平面,照上门前的台阶。远处的海面很平静。她本以为自己会哭,但没有,现在眼角也没有湿润;她怀疑自己将来还会不会落泪。片刻间,她打量这个时隔多年重返此地的男子,从他脸上看到的只有疯狂。他的重来,没能提升任何意义,没能规整过去和现在的任何秩序,哪怕本该可以;什么意义也没有。

"每天我都点蜡烛。"他说。

"当然,"她父亲说,"那是当然。"

自行车钥匙被小心翼翼地插入锁洞,然后,这天下午的访客骑车走了,笨重的黑铁自行车上只有一条瘦长的身形。他们远望自行车消失在林荫道上,当她父亲说对不起时,她听懂了那种声调和寓意,他早就明白了她为何费心装扮了一身。

他们在林荫道上走了一段路,在她的愤恨爆发之前,两人都一言不发。那激烈的情绪来自于疲惫及其自身的能量。那个男人走后,她哭喊出来,极度的烦闷在林荫道的大树间回响,当她父亲将她揽在怀里,泪水沾湿了他的衣襟。

"没事儿了,没事儿了。"她听到他在说,那两个词嗫嚅不休,一遍又一遍。

8

亨利和布里吉特的痼疾刚刚开始作痛，但是日后将令他们无法劳作。刚开始时，亨利膝盖疼，布里吉特的肩膀一到雨天就疼，他们靠吃药顶着；后来有一天，亨利工作时感到胸口一阵抽痛，他静静站了一会儿，疼痛消失了。布里吉特的一只耳朵变聋了，但另一只还很顶用。

最意想不到的大祸也发生了，乳品工场宣称拉哈黛的牛奶染了病菌。后来，发现肺结核在牲口群里泛滥起来，政府派人来强制宰杀后，他们只剩下了八头牛。自从上尉回来，就一直帮亨利打理取奶事宜，尽管他对这种活儿根本不在行，还要每天两次把牛群赶到挤奶棚，汤洗搅乳器，冲洗牛奶棚——所有这些活儿，现在对两个老人来说越来越沉重不堪，虽然以前都是亨利一个人完成的。他一直在撑，有上尉帮忙后，稍微轻松了一些，但仍是他指出：如果他们不再供奶给工场，养八头牛就没必要了；但如果继续供奶，八头牛却又太少了。他们只留下三头最健壮的牛，把其余的都卖了。

就是要走到头了，布里吉特心想，就和几代之前的结局差不多，拉哈黛的良田数顷在牌桌上输给了奥瑞利家。而让亨利伤心的是，辛苦了一辈子，最后却不幸地全都失去了，哪怕繁重的工作曾让他累得精疲力竭，哪怕他亲口提出卖掉多余的牛。如此一来，再过几季，三头牛吃不完那么多草，他们的牧场就会渐渐荒废，蓟草就会四处蔓延，荨麻更会肆意无度。无可奈何，他会眼睁睁看着这一切发生，既无心、也无力举起长柄镰刀处理这摊疯长的野草。“让它去吧。”布里吉特也下令如此。

做再多活儿也没意义了，像个年轻人那样风里来雨里去的也没道理可言。多少次了啊，亨利从田地回到厨房，浑身衣裤都湿透了，布里吉特只得把湿衣服搭在炉灶上烤。夏季从早上五点到天黑透，他带着镰刀或长柄钩在地里忙活，修整矮木篱笆。每年三月，绣球花草坪上的草一冒尖，他就把割草机搬出来，擦去攒了一冬的灰尘，再给轮轴上油。现在他还是这样做。

上尉提议去基劳兰找个女仆帮忙打理大屋，布里吉特连连拒绝：“啊，不，先生，不用了。”他则继续怂恿，像以前那样不好吗？汉娜可以定期过来，可布里吉特说，来个陌生女子在这儿转只会添乱，不会比她制造的麻烦少。后来又说：“唉，当然，我们老得不成样子了。”

上尉知道他们还没有老得不成样子。他们特有一种执拗姿态，是尊严和骄傲滋养出的顽固不化。他俩为拉哈黛能延续到今天而骄傲，为贡献了一己之力而骄傲，他们把这儿经营得很好，有点即兴，但远远超出了上尉分配给他们的看房人的身份。主张维护牧场，防止日后荒芜的人是亨利；答应来放牧的则是奥瑞利家，按年份付租金，并负责维护栅栏。

一年多前的那天下午，那人再度造访此地，他们只是说他疯了，说得再确凿些便是，他无法为侵犯他人领土的事件负责。亨利是勉强这么说的，布里吉特呢，祷告之后，也勉强赞同了；但不管怎么说，怨怼之情仍无法烟消云散。上尉说起这个结论时，倒是诚心诚意的。

露西还是没有给拉尔夫写信，她之前就猜到自己不会写的，就算他寄信来也无济于事，况且她知道他也不会写的。静静回想那天下午的迷乱，露西仍觉得事情发生得很离奇，仿佛封存在了画中，那时的一点一滴都不曾在她心里褪色。现实中、幻想中的每一幅画面都停留在那个时刻。有辆车停下来，掉头又走了。她从灌木丛上取下晾干的茶巾。真正来到拉哈黛的那人跪下来祈祷，他的出现可以说是附带而来的，但也不完全是。她父亲把她抱在怀里。

事情就是这样发生的，拉尔夫写道，不该责怪任何人。她期待的并不是他这样的做法，也不是她最初爱上他、至今仍深爱他的原因。她以前不知道，直到现在才明白：即便献上世上所有辞藻、所有期许，事实也不会改变了。直到她的生命终结，她都会爱着一个已经娶了别人的男人。

“再跟我说点蒙特马莫洛镇的事儿吧。”早餐时，她会这么发问，好像她父亲从没说过似的，接着，他就把早已说过的往事再重复一遍。他们还会去看赛马、去歌剧院，但露西很清楚，其实她父亲盼望能从跑马场的人群中走开，从剧院的听众席上离去，但他永远不会那样做，恰如很久以前拉尔夫在她身边寸步不离。她父亲没有提及此事，但露西从他的恳切陪伴中感觉到了那番心意。

他们相依为命，日日相伴；曾经，露西恍如挣扎在怨恨的边缘，她父亲则紧张万分地过度寻觅；如今总算安稳下来，双双心满意足。现在回想起来，她觉得自己曾抗拒过他，与此同时，他也势必有相同的感受。她为此羞愧，也为自己不曾深切哀悼母亲而愧疚，爱的自私如此不近人情地占了上风。在她的生活中，环境已然塑造了一种空洞；爱的笨拙激情，连同其他，都属于极易满足的过去。在她三十九岁生日时，她和父亲在恩尼瑟拉时髦的新电影院里看了一场《尼可拉斯·尼克尔贝》[①]，新影院完全取代了放映室。回到拉哈黛后，他们一直坐到深夜，现在他们经常这样。

几周之后，十一月间一个明媚的下午，他们一同去基劳兰的家族墓地扫墓，以前总是露西单独去的。

"我们身在自家人中啊。"她父亲说着，拔除疯长的杂草。

墓碑都是平放在地的，高特家族的墓碑都这样，小草围成一圈，都长得很高了。毛茛四向蔓延，盖住了碑文，柔柔的三叶草覆盖了石灰石边缘。

露西则挖出鱼腥草、千里光菊，再剪短草头。在过去的这段时光里，她经常回忆起，父亲坐在休息室里镇定无比地听那个人讲完疯言疯语。他是个单纯的人，那天下午，他本可以找出来福枪、也就是在二楼窗旁开过火的那把枪，以其军人的本能来说，很可能再次动用它的威慑力。可是恰恰相反，他放弃了以往的选择；自此之后也一直如此。

"早晚有一天，当然了，"现在他开始预测，"不会再有人过来这样扫墓。这也不要紧，因为我们替自己修整过了，你不这样想吗？"

她点点头，又挖出一束根茎。等他们死去，他们的家族也将消失，所有应尽的义务都已完成，所有回忆也将一起死去。只有传说会留存，

① 根据狄更斯小说改编的电影，首映于一九四七年，又名《少爷返乡》。

任世人口耳相传。

“哦,是啊,所有的都是。”他赞同她的说法。

她把剪除后落在光滑的灰色碑石上的杂草扫干净。有时候,她会怀疑,看赛马会不会对他太刺激了;他和阿洛伊修斯·沙利文在中央酒店酒吧里相谈一上午已是几年前的事了。“他的反应慢了,你大概注意到了吧。”露西曾听亨利这么说过。走楼梯的速度慢了,爬出屋顶的活动门时,也不比以前动作敏捷。在苹果园用镰刀时,动作也慢下来了,用铲子挖荆棘时也是。现在,是她负责开车,下车进店时,还会把他留在车里,到了恩尼瑟拉,也是她从这个店到那个店,按照布里吉特的购物单采买,单子上的字迹稳健依旧,和亨利以前从乳品工场回家时递给麦克布莱德太太的单子一样。麦克布莱德太太的店门外有一张“吉屋待售”的广告,贴了很多年了,可最近被取下来了。没人到那里去住。

“好啦,总归是好多了。”她父亲将跪地的腿挪起来时,脸上痛苦地扭曲了一下,好像扮了个鬼脸。“是不是好一点了,我的小淑女?”

墓园一角有个专放野草杂物的地方。她把新除的枝叶——已经开始枯萎了——挪到那里去。

“是好多了。”回来时,她说,又忙着收拾起他们用过的工具。

接着,他们顺路开车去恩尼瑟拉。她买好了必须带回去的杂物,和所有相熟的店家都打过招呼。她时常会想,自己的出现会不会造成恩尼瑟拉乡亲们的小小紧张?但不能怪人家这么想,因为不合常理的事情肯定会给她留下古怪的痕迹。尽管如此,她现在需要经常到镇上逛逛,也喜欢上了漠视已久的这个小镇。

这天下午,她望着天鹅游来游去,或是不那么优雅地在它们踏出的岸边走来走去。她很中意通往步行大道的一路,高高的墙头会垂下红里透白的缬草。她父亲刚回来时，曾指点她去看：信箱的绿色油漆下面仍可见皇家徽章图影，现在她也会留意去看。她会低头凝望在堤坝下的礁石上玩耍的孩子们；也会看着冲上岸的海草被装车拉走。有时候，她会坐在面包店的咖啡座里，那儿紧邻着已经荒废的拍卖行；还有些时候，她会在岸边兀自晒太阳。但今天，她一路走过这些地方，径直走回小轿车，他的父亲正坐在里面等，拿着《爱尔兰时报》直打瞌睡。

这天晚上，他聊到了恩尼瑟拉的赛舟会、夏季的嘉年华都已萧条了。于是，她记起来，有一次沙利文先生过来，讲起那些穿着蓝衬衫、在长长主街上游行的人，还有在半夜开着轰响的跑车驶过大街小巷的人，环爱尔兰的赛程，他们才刚刚走完一半。

“还记得吗？那天傍晚，我们去和艾沃德先生道别？”她父亲说，“你很想去找聋哑的渔夫？”

上床前，他站在杂乱的客厅桌旁，拿出一本磨损得厉害的皮面书，捧在手里。

“他教会我了，怎样和他说话，”她说道，“我告诉过你吗？我放学回家时，他就会等我。”

“你是说可以用手指和他交流了吗？”

“是啊，我学会了。”

她站在原地、也就是休息室敞开的门道上，演示给他看。渔夫的手曾经很粗糙，还有伤疤，到了老年，手背上星星点点都是褐斑，但那些手指的动作依然诱惑她亲自演绎。他们的对话，只能用些婴儿之间的词汇，可她总觉得，在彼此相知不多的老人和小女孩之间，也不需要更多词汇了。

“那时候你很孤单。”她父亲说。

“有点孤单不要紧的。”

“是不要紧,大概是吧。”

他动作含糊地把书放回桌上,书脊上的皮革磕出声音来。那是本《爱尔兰生活》,勒法努所著,用作书签的是一张电费账单。他的手在斑驳的皮封面上逗留了片刻,心绪未尝表露于神态,尽管他经常没法隐瞒心中所想。他早已感到她对某位太太的嫉妒,他知道,那种痛楚已经比以前淡了些。但没人试图谈论此事。

“或许有一天,我的小淑女,你会去看看瑞士的墓地吗?还有蒙特马莫洛的?”

“说不定我们会一起去蒙特马莫洛?”

“你愿意吗?”

“是的,我愿意。”

“那些年里,她不太高兴,你是知道的。”

“你累了,爸爸。”

“很难解释,我只知道,一言难尽。”

她目送他上楼,没有带上从桌上挑出来又放下的书。在这栋大屋里,从没有互致晚安的礼仪,现在也就没有人道声晚安。

“蜜蜂都没有离开拉哈黛,”在楼梯上走到一半,他向下望去,说道,“我怀疑它们永生永世也不会飞走。”

休息室里,露西又独自坐了片刻,再把火棒放在壁炉前,废墟依然透着红光。她把座椅上的垫子整理了一遍,关上茶具小柜的门,门都旧了,她得来回扳动几下才能推上。走过弹子球台时,她把玻璃弹子放在顶针之间。她的最高记录是两百一十分,六岁时打出来的,那天晚上她还是没能打破这个纪录。

当她环顾这间屋子、检视一切是否收拾妥当时，突然在刹那间，仿佛看到这里被熊熊大火吞噬，也似乎听到了痛苦不堪的叫声。她经常从不安的晨梦中醒来，总能依稀记得梦中有个凄凉的身影，穿着黑衣，惊恐地蜷缩在扶手椅里，还有那双空洞洞的眼睛。还有一次，她见到一辆老式的自行车靠在灯塔旁的墙边，很远很远，在沙滩的另一头，还有那个瘦削的男人，坚信自己是个杀人凶手。她望着他，望了一会儿，不知道为什么要这么远望他，也不知道为什么就轻易记起一切，仿佛再次看到那双手在惊恐地颤抖，绞动的手指搓揉着每一处不堪的痛苦。沙滩上，他站在原地一动不动，只是一直凝望着大海。

※

上尉靠着枕头，听着女儿的脚步声，听到她走过他的房门。有那么一会儿，他在黑暗中庆幸他们将墓园清扫过了。随后，他感到了疼痛。那疼痛，没能唤醒他。

第五部

1

葬礼后很久，新的一年来临，露西收拾了父亲的遗物和衣物。没什么让她吃惊的。把衬衫和西装一一叠好，她开始想，和这栋大屋有关的戏剧化人生是否终于告一段落，而接下来，是轮到她上场了吗？他一直喝威士忌，临死前也不例外，她从没阻拦过。他早就知道死神的阴影悄悄蔓延到他身上；他不止一次提到过，没有比这更确凿的事了。他微笑地接受了大自然严苛的规则，她也一样，陪着他忽视病情的进展，重新爱上他的漫长过程中，她只想牢记他以前的模样，他也只想原谅她不曾说出口的怨责。

她保存了一些遗物：一套袖扣，怀表，陪她散步时偶尔会用到的拐杖，他一直戴在手上的婚戒。她带着他的衣物，开车去了恩尼瑟拉，全都给了为圣文森特慈善会堂募集物资的女人。她把他珍藏的明信片收起来。这间卧室曾荒废多年，如今又成了没人住的空屋，门关上了，再也没人进去了。

随着上尉的去世，大屋里那些属于他往昔的惯例也发生了转变，他曾引以为荣、珍爱欣赏的模式也渐渐瓦解，仿佛也是他落叶归根的一部分。“不用了。”露西制订了新的家规，她不希望布里吉特和亨利再托着盘子走来走去，从厨房到休息室，一遍又一遍。现在端盘子的人是她，与其说他们是她的家仆，还不如说她在照顾他们两位老人。她又在厨房里落座用餐了，就像孩提和少女时代那样，她开始迁就他们，不再考虑自己是否便利。要是她父亲还在世，托盘茶盘还是会由他俩从厨房端到休息室，毫无怨尤；露西知道，不管他俩说什么、做什么都无法改变这种模式。

布里吉特仍负责煮食；亨利在院子里劈柴，挤牛奶，也尽力修剪果园里的杂草。到了周日，露西开车去基劳兰时会带上他俩，早半小时到教堂，让他俩做完弥撒，他们三人都记得多年前，是他俩带着露西去教堂。亨利买好香烟之后，就一起等她从店里出来。望完弥撒之后，也能和老熟人聊聊，布里吉特打小就喜欢这种场合，现在也喜欢。周日出入大门时，他们也不再谈论完全荒废了的守门小屋了。厨房里，谈话的内容已经变成亨利和布里吉特的往事，结婚后，刚搬到拉哈黛的亨利非常想念大海。每当他心神不宁，布里吉特就不开心，满心以为自己剥夺了他钟爱的生活方式。“可是，不用说了，然后你全都习惯了。”亨利说的都是实话，习惯了也挺好。那时候，有个小贩老在路上逛来逛去，带着些产自埃及的小地毯、各种尺寸和颜色的纽扣，还有他亲自砍下白蜡树制成的烤肉叉以及粉笔和棕色罐装的墨水。现如今你再也看不到这些了，大概有三十多年没见到这些小贩了。还有人来拉哈黛推销灯罩布，每一年，《老版摩尔年鉴》的销售员也会登门造访。修锅匠在院子里补平底锅。赶着马走出四英里，去钉马掌。

现在，他们就聊这些，露西听着，听他们说起自己出生的那天，一整个上午雾气弥漫，本来她可能名叫“黛西”或“阿里西亚”。她一岁那年的圣诞节，休息室壁炉的烟囱着过一次火。圣斯蒂芬节上，雷恩男孩[①]们编造了一个婴儿宝宝的故事。还有一次，汉娜到拉哈黛来，走在海滩边，听到了女妖的声音。

“顶多就是一阵风，”亨利说，“风从悬崖山谷上吹下去，听起来就像呜呜叫。”

可是，布里吉特说，汉娜还看到一片模糊的身影，离她站的地方不出一码远。

※

上尉的心愿完成了。一九五三年三月一个明朗的清晨，露西低头凝视母亲的墓地。

海洛薇兹·高特，享年六十六岁，来自爱尔兰，拉哈黛。

大理石墓碑没有被磨亮，黑字熠熠闪光，露西努力回忆那张脸庞，并试想岁月沧桑留下的痕迹。贝里佐纳的墓园很小；除了她，一个人也没有。她跪地祈祷。

之后，她到火车站对面的咖啡店里要了杯咖啡。在她眼里，一切都是新奇的，在此之前，她从未出过国。这次漫长的旅程经由英格兰、法

---

① 雷恩男孩，是爱尔兰每年12月26日时的传统节庆活动，家家户户的小孩按照传统装扮成“雷恩男孩”，在传统乐师和舞者的陪伴下到各家演出，向大人募集款项，再送上来年的祝福。

国和瑞士，铺展在她眼前的无不是异国风情，只在她读过的小说里出现过。给她端来咖啡的侍者说的外语她从来没听过，一个字也听不懂。一群瑞士的徒步游客进来了，坐满了她周围的桌椅，他们的手杖、帆布袋随便地堆放在空无人坐的椅子里。就在这个小镇上，不知何处，曾有位和善又慈悲的好医生。

还有一段路，带着她经过了意大利边境。那天晚上，在蒙特马莫洛镇旅店的小房间里，她打开蓝色行李箱，尽管一直没有机会在皮面上压刻她名字的缩写，但很久以前，父母就许诺过，这是她专有的小箱子。她点了晚餐，却不知道送上来的会是什么食物。

次日早上，她找到了爱乐广场，还有鞋匠的小店，底层窗户里陈列着一排排鞋靴。二楼阳台可以俯瞰整条街，刚好能放下一张茶桌和两把椅子。她没去打扰修鞋匠，也不打算贸然去问，只在心里猜想：现在的掌柜是不是以前那位修鞋匠的儿子？还是外人盘下了这家店？

她在狭长而拥挤的街巷里走。崇拜圣塞西莉亚的教堂里有一组圣坛画。公共照明已得到了改善，崭新的路灯竖立在人行道街沿上的基座里，指挥着交通。平生第一次学说意大利语：*ingresso*，*chiuso*，*avanti*。她也发现了父亲提到过的一家小餐馆，在一条小巷里，非常不起眼。出了小镇，她寻访到了早就停工了的大理石矿场。

她母亲曾经属于这里。胜于英格兰、胜于拉哈黛，她将这座平凡的异国小镇变成了自己的家园。露西只能依稀记得她那模糊的身影、恍如遥远回声般的嗓音，但在街巷的喧嚣中、在通往矿场的乡间小路上，她体味到一种陌生感。“我会在此多留几日”，她给亨利和布里吉特写了封明信片，并暗自思忖，自己会不会也将在此住下——因为某种急转而下的机缘——直到死？

她听了圣女塞西莉亚的传说，是教堂里的一位妇人告诉她的。妇人身材纤小，谈吐温柔，走在空空荡荡的长椅之间，慢慢靠近了她。妇人说，奇迹，就在圣坛画中人的眼睛里。她俩便一起举目凝望那淡蓝色的眼眸、鬈曲的金发、散发在金叶丛中的光晕，圣女的衣裙是如此淡雅，几乎是无色的，七弦琴矜持地抱在手里。妇人说，圣女塞西莉亚还是个孩子时，就听遍了即将传到这世界上的所有音乐。

露西遥想她母亲或许也从同样的途径获知圣女塞西莉亚生来就是殉教者，当她仿效古神时，便被人们杀害，死后升华成了乐师们的守护神，恰如圣凯瑟琳守护马鞍工匠、查尔斯·波罗密欧掌管浆洗工、圣伊丽莎白担任牙齿仙女——为所有忍受牙疼的凡夫俗子送去慈爱。

妇人又要了些供教堂修缮的救济金，然后就走了。

※

露西有点不情愿地离开了蒙特马莫洛，明知自己再也不会重返此地了。她对时间和家园的处理方式，和她父母的有所不同。她没法假装一样。

同年，冬天到来时，漫长旅途的记忆开始失去鲜活生动的印象，她又开始读拉尔夫写来的那些信，这次是有条不紊、按照日期顺序地细细品读。情书又搅动起盘踞在她内心深处的爱情，但写情书的他现在已成了另一个世界的人，正如她母亲、她父亲。她从刺绣盒里取出尚未完成的绣品，将拉尔夫苦闷的求婚包在里面，再用一束彩色丝线将其捆扎住。

2

有天下午，露西在恩尼瑟拉镇上找黑色自行车。她在渔船进出的灯塔附近找，也在小镇的贫民区里找。她觉得曾经看到过一次，就在十字社团会所外面，还有一次，在麦克思维宁大街，但走近了一看，发现认错了车。她会到面包店的咖啡座靠窗而坐。其实，如果真看到那辆车驶过，或是靠在店窗或墙边，她也不知道该怎么办。她不知道这种强迫症是从哪里冒出来的，但似乎越是受挫，她也就越偏执地要找下去。到最后，她开始问，人家告诉她，她要找的男人已经被送进了精神病院。

她带着这个消息回到拉哈黛，但亨利和布里吉特似乎都不感兴趣，甚至不置一词。似乎，这种表态也很妥当；但露西会幻想，当她不在厨房时，他俩会怎样议论，不管议论什么，总会有种满意的口吻。下一次去恩尼瑟拉时，她把车开到精神病院高高的铁门外。砖楼建在山丘上，外表看上去没有一丝动静，好像是没人住的地方，但她知道绝非如此。上锁的铁门有种威慑力。支柱上垂下一根铁链，另半边门最上头的托架上挂了一只铃铛。

她又开车走了。

※

休息室里,她在桌上摊开新的绣布,每一只角都用书压好。小心翼翼地,她将新画的水彩画描到布上:赭色地面上的罂粟花。她又挑好丝线,理成一排。

她想,不知道自己这样做了多少次,也不知有多少次,每当一副绣画完成时她会说:“您想收下它吗?”她从没想出更好的方法,不要在她的奉献中透露出假想的慈善意味。献出绣品是一种快乐,每当她说拉哈黛的墙上都没地方挂时,都是在夸大其词。

她用单线勾勒出不同色区的边线:六七支橘色和红色的罂粟花在树影下,又长又尖的草叶分成四种绿色,赭色地面用灰色勾边。绣完这幅画得几个月的时间,也就是整个冬季。

※

“给高特小姐上茶。”

站在面包店咖啡柜台后面的是面包师的太太,她吩咐了一个浑身上下都是白色面粉的男孩。好歹是安全回来了,咖啡店里的乡亲们都注意到她从瑞士和意大利返乡了,这一程的意图大家心知肚明,却无人谈及。

她把雨伞挂在咖啡桌旁的另一张椅背上。那天下午,突然下起了雨。

“这天气,真让人吓一跳。”面包柜台后的妇人喊了一嗓子。

那妇人的红发已经变灰了，如释重负的轻松感慢慢在她眼神里积攒起来，仿佛在默默感激岁月不用她继续哺育孩子了：她共有十个女儿，还有一个儿子。她的丈夫从不在咖啡店里露面，起码有一半乡亲天天吃他做的面包，还有蛋糕、小圆面包和面包圈。

“是这种蛋糕吗，小姐？”那孩子问道。她把面包屑从有污渍痕迹的桌布上掸掉，再把软木杯垫上几滴没被吸干的牛奶擦去。“我把蛋糕分类规整好，再给您？”

“谢谢。”

那孩子的五官很挤，把糖罐和奶罐重新放好的那只手上有冻疮。她母亲的手上缠着绷带。

“这雨下得真够猛的呀，小姐，你说呢？”

“是啊。你是艾琳吗？我把你们姐妹俩搞混了，对不起。”

“以为是我姐姐？”

“我想，大概是吧。”

“我姐姐是费罗米娅。”

“那你是艾琳？”

“是我，没错。您等一会儿，我这就给您上茶。”

通往厨房的门上有一尊石膏像，圣人手指向上，保佑这间咖啡店。露西望着那孩子从圣人像下走进去，从手袋里摸出一枚三分钱币，以免等会儿忘了。她把分币放进手套里，这样就不会忘了。宽大玻璃窗上半垂着窗帘，她望着雨水刷刷地流下玻璃上的彩色字迹。街上的人们步履匆匆，头上盖着雨衣。

“马迪！你要把我们都淹死吗？”柜台后的妇人喊了一声，有个粗糙的男人刚进来，浑身湿透，水珠不断地滴在地板上。经常能在街上看到他拉手风琴,等别人赏几个铜板。

“这还用说吗?不正好帮你洗洗地板?”他在门边的位子上坐下,手风琴就放在面前的桌上。

“只剩下这些了。”叫艾琳的女孩把蛋糕端出来,给她看。看得出模具形状的海绵蛋糕被切成几块,夹着人造奶油和草莓酱。盘子里共有六块。“小姐,这些都是最好的。”

“很好看,艾琳。”

一把有凹坑的茶壶小心翼翼地凑近软木垫,一把餐刀放在了毫无装饰的白盘子旁。

“我给您拿一块果子面包来吧,小姐?”

“不,不用了,我这儿的足够了,艾琳。”

她倒出又浓又黑的茶,加入牛奶调一下苦味。她把海绵蛋糕下的纸撕下来。有些人从雨里跑进店里,一辆婴儿车推放在手风琴艺人的旁边,一把红伞抖落一片雨滴,伞收起来时还有一根伞骨别扭地支楞出来。“躲雨最佳地点。”有人这么说了一句,便又有笑声跟上。

她多希望自己能像手风琴手那样轻松调侃呀!又是多么希望自己能加入谈笑风生的乡亲们中!“清教徒妇女会还等着她有所改变呢。”多姆维尔店里的女营业员不久前这么说过。她们就是这么想她的,也是这么省去姓名地谈论她——也可能是真不知道——她的装扮、服饰甚至语音在暗示什么,正如她凭借这些细节去揣测别人。信仰清教的女人,就像古董,从远古时代遗留下来,人们尊崇她,却认定她不属于现世的人群。而她仍然在这些女人之间,彼此截然不同。那天,她离开多姆维尔店后,一定会有人告诉那个不认得她的女孩。

她又倒了些茶,再要了些热水,等了一会儿才送来。日光很弱,含糊地照亮窗玻璃，突然消失，突然又闪现了。对街房屋的彩色外表瞬间亮堂起来——有粉红色，有绿色，屋顶上的石板闪着微光。一如往常，她感到自己和众人的不同，也同时品味着孤独。或许两者本就是一体，但不管怎样，想来就觉得荒谬。

那一瞬光芒过去了。这几个月来，她一针一线绣完了罂粟花，充溢心间的只有快活——不如说是振奋。她不想费神去琢磨，只想一直顺从于那种全然属于自己的意图，只想完成吸引她全神贯注的这件事。她又看了会儿咖啡店里的人，手风琴艺人喝完了茶，店主没让他付钱；婴儿在小车里睡得正酣；一对夫妻在吃鱼和炸薯条；还有两个妇人正聊得起劲。她在手套里摸到了三分钱币，留在了茶杯下，再去柜台付了账。

外面，人行道上的水迹已经开始干了，一块湿一块干的，她走到停车的地方。野孩子在讨钱，身后不知哪个角落里响起了手风琴声。蓝色在天空中越散越开。

她往前开，想找个地方掉头，穿越小镇、开往乡间的一路经过了爱尔兰银行和克夫兰仓库。

她到达铁门时，把车停靠在路边，就和上次一样。花费她整个冬天的绣品装裱在白腊木做的画框里，木色淡得几近白色。她到后备箱里取出这幅画，再走向垂着铃铛的那扇门。

轴心很锈，笨重的铃铛先是无声地摇摆了几下，然后才振荡出响亮的铃声，回荡在山间。她等着，却没人来应门。没有花匠或女仆出来。短而陡峭的门道上一个人也不见。她又等了一会儿，接着开车往回走。

直到看到一行人走近前头的十字路口，她才停下车。大约有十一二人，都穿着黑衣。有个看守走在最前面，另一个殿后。她又等了片刻，等他们走近了，才下了车。

“他今天没有跟我们出来。”听她报出那个名字，最前头的看守这样回答。“不过，要是您有什么东西要带给他，我可以转交。”

她把绣品递了过去。另一位看守说：“夫人，是您亲手绣的？”

他们都围拢来看。“太美了！”那个看守说。还有人接口赞道：“真漂亮啊！”接着，一个又一个人发出了赞叹。

她问，是否可以——只是偶尔——看望这份礼物的收件人。

※

“这算什么事儿呀？”亨利咕哝着，此时，那年的春夏已过，又要迎来新的冬季。

布里吉特擦干一只杯子，叠放进另一只杯子里，两只茶托相叠放在下面。今天，她的手指很不灵，僵硬的关节怎么也松不下来，但干这种活儿还凑合。

“说不通，”她说，“可不是嘛。”

“她还好吧，你觉得呢？”

布里吉特不知道说什么，就没答话。她把茶碟茶杯搬到绿色碗柜那儿，把杯子吊在挂钩上，把茶碟放上架子，一一码好。今天很潮湿，所以很不好过。要是天再冷些，指关节就不会这么难受了。

“她回来时总是很累。”亨利说。

“是啊，当然累了。”

那男人二度造访大屋后已过去了五年，第一次来已是三十四年前的事儿了。布里吉特还记得他第一次来之后，她一大早就走下了林荫道，亨利说事情不大对劲，又怎样提起一周前狗都被毒死、怎样清走了滴染了血迹的小圆石。她也记得,他第二次来的那天,露西怎样精心装扮,走进厨房说,她要亲自把茶端进去。那之后,露西没有把自己、上尉和亨利的心里话说出来:精神失常未必就是那桩劣事的起因。你不能责怪露西。你不能因为她恨他而责怪她。

“有些风言风语了,”亨利说,“说她去那儿看他。”

“总有人嚼舌头,没事儿。”

他们谈论这件事,是因为他们无法理解,在这间厨房里,这事儿根本讲不通。难道事情的结局还不够完美吗?满怀同情心的上尉最终被他深爱的、相依为命的女儿接纳,甚至经常结伴出游。她的友爱之情在记忆里沉淀多年而不曾放弃,任何人都能看出来,难道这还不够吗?“为什么你想去那个地方呢?”布里吉特早就想这么反问了,已经酝酿了好几年,但终于没有说出口。

“他们是在玩蛇梯游戏呢。”亨利说。

3

她第一次去探望他后很久，有一天，看守对他说："我来教教你，怎么磨剃刀。"

那时，早餐杯盘还搁在桌上，刀叉相交放在盘里，所有的刀刃都用锉刀磨钝了，马口铁杯里残留着茶渣。那天轮到他收拾桌面，要把所有东西堆放在托盘上，端好，从传菜窗口递进去，在那儿等着托盘腾空，再递出来；与此同时，看守把别的零碎小东西放进碗橱，有盐罐、胡椒粉罐、用不着的餐具，还有糖罐。那天早上值班的看守叫马修·奎克。他脱了外套，衬衫袖子上有饰带，帽子搁在门边的小柜上。除了他俩，没别的人。

"特权，"奎克先生说，"磨剃刀。"

除了马修·奎克，任何人都不得靠近剃刀。他负责给男人们刮脸；以前，尤金·科斯特罗偷藏了一把剃刀，结果在第二天早上就被发现了，打那以后，就订下了规矩：由奎克先生给男人刮脸。

“又怎么了?”传菜窗口里面传来说话声,有双手推开托盘,再擦去溅出来的汤水。那一定是麦克英切,你听得出是他在说话。

“你懂我的意思吧?”看守继续说,“你知道我在跟你说什么吗?”奎克先生让这句话悬在那里,暂时没有往下说。“啊,你懂的,你懂。”他接着说时,还一边把抹布放进水盆里搓了搓。马修·奎克会漫不经心地瞥你一眼,然后判定你有没有听懂他的话。“我信不过让别人磨剃刀。”他是从南方蒂帕雷里小镇来的,本打算到教堂里当神职人员。他说:“现在,你把桌子抹干净。长桌不用管,我来就行,然后我们一起回后头去。”

棚屋的窗玻璃全都被漆成黑色,贯穿大院,正中有条排水沟。上了两把锁,一把在高处,一把在低处。里面有盏灯。

门在他俩身后阖上,插销落定。所谓的灯,只是一只电灯泡,吊在工作台上方。看守松开一卷粗毛呢包,取出收纳在其中的剃刀,然后给磨刀石上油。

“她过来看你,岂不是了不得的大好事?”他说。

第一把剃刀夹进钳子里,因为有些锈迹,斑斑点点,要用砂纸磨掉,然后,把刀刃搁上磨刀石前,先在绷得紧紧的皮带上来回蹭几下,再用布抹一把。

“你会摸清门道的。”看守说,“不过,那是挺了不起的吧?”

你不用回答。马修·奎克知道你不用非得回答。代替斯威内先生的那位新看守一开始不明白这一点,直到布利斯科告诉他:这儿有个男人不想讲话。

“啊,是的是的。”奎克先生说。

那时候,迈雷·寇荷的小酒吧就在附近,柜台上有一罐水。“可费周折了吧，你跑了这么一大圈。"柜台后的妇人说，只需留意一件事，你不能讨一口罐子里的水喝，只能让妇人干等。看过病院里的情形，看到住在里面的人，那就没有人配得上讨水喝。甚至没有人配说话。

"挺上手了，"看守说，"还得用砂纸磨一会儿。"

等刀面在灯光下闪出光来，看守才叫停。"你交了个好女友啊，"他说，"可不是嘛，别的不谈，这不就是最要紧的吗？"

奎克先生又递给他几张砂纸。他从粗毛呢包里取出下一把剃刀，紧了紧钳台。这把锈得比上一把还厉害，奎克先生说："别着急，慢慢来。"

在这里过这样的日子，你不会想要着急。不管是哪天，分分秒秒都慢吞吞地流逝。你就会明白一条真理。没必要着急。

"很好，很好。"奎克先生说。他在吹口哨，轻轻地，散漫地。他哼的曲子是《丹尼男孩》，接着又唱起来。不管剃刀保存在哪里，反正已经发黑了，但可以再被磨得雪亮，奎克先生说道，他轻松得很。等他们磨完，这把刀会比从工厂里出来时更棒。

在这间小工棚里，磨刀工作持续了一个多小时。墙上挂有一副年历，印着山坡景色，砍伐下的树木倒在地上，日期就印在树上。月初和月中时她会来，你早上醒来就知道她会来。你不会知道那是几月几号，只知道那是她来的日子。不会是今日。

"我们的活儿干得不错。"看守说。

他用粗毛呢布把第一把磨出锋刃的剃刀包起来，接着再包第二把。再用橡皮带把粗毛呢布扎紧。

"你要不要做一只小鸟屋？"他说，"把它放在树干上，知更鸟就会在里面筑巢。"

他把鸟屋画在一张纸板上。他还解释了你该如何砍木头，两边有些斜度，后片要比前片高一点，画上还标出了铰链的位置，你可以掀起顶盖往里瞧。尺寸也用红笔标注在纸板上，后片 9 × 4，前片 6.75 × 4，顶盖 5 × 4，底座 4 × 4，两边各为 8 × 4 × 6.75。“考虑做一个给她吗?”奎克先生问。

钟敲响了十二点。“磨刀铺收工咯。”奎克先生说着，把纸板靠在窗台边。“考虑做点什么事情吧，你难道不做点什么?”他在院子里说，走到过道里又说，“她扔骰子赢了的时候，难道你不给她一点奖赏?”

大厅里，病号们已聚集起来，准备做祷告。今天上午，奎克先生主持此事，他走向前面的讲台。要是他当初进了教堂，现在就是奎克神父了，一到周日就发号施令，一切都会和现在大相径庭。

祷告做完，一行人拖着脚步走动起来；又有人闲聊，有人大叫，还有人跟着叫。你会把小鸟屋包好，严格按照奎克先生的指令去做。她会扔出一个六点，上山来；然后扔出一个四点，就在家待着。你把它给她，她会说那是什么。她会为你说话的，她一直都会。

第六部

1

手表显示五点二十分，晨光如同薄纱酥散，渐渐明朗。她又闭上了眼睛。以前，每天的第一个印象便是自己躺在这里，听火鸡在院子里咕咕叫，听亨利吆喝牛群。盥洗盆架上的裂缝好像一直就在那里似的，从水罐口沿着精致的绿色镂花架往下延伸、变细，直到看不出来。同样的绿色装点了水盆：在盆架上那一排小瓷砖上不断再现。屋子里有三扇长窗，有一扇没有关牢，顶上开着几英寸，因为她喜欢夜晚空气的流动，哪怕有暴风雨。窗户外的油漆早已剥落失色，日晒雨淋中的木头褪成了白色。

她脱下睡衣，穿过房间走向曲木椅的时候，地板发出亲切的吱嘎声，椅子上，过夜前的衣物依然整齐地叠放着，长袜垂下来，鞋楦端端正正地嵌在鞋子里。她倒了水，慢吞吞地洗好脸，再慢吞吞地穿戴好。一只海鸥落在窗台上，小玻璃珠似的眼睛肆无忌惮地盯着她看，又突然飞走了。吉蒂·特丽莎曾说，她想做一只海鸥，可布里吉特说吉蒂的脑瓜还没灵光到那个地步。

她插好束发针，整了整衣领，在梳妆镜里端详自己，又站起身，依然对着镜子，把衣裙抻平整。她把洗脸盆里的水倒掉，又端着珐琅水桶穿过整个房间，放到门口。接着，她开始理床，床单和床罩都要拉齐，抚去每一丝褶皱，再抖一抖枕头，最后把被子塞在枕头下。

第一次之后，不管何时，只要她拉响铁门柱上的铃铛，喧闹声就会从很远的地方隐约飘到她耳畔。接着，看守就会出现在陡峭的门道小路上，在石阶上选着落脚点，因为那里都坑坑洼洼的，等他走近了，就能听到钥匙叮当撞响。“哦，不，荷瑞翰不会来开门的。”第一次他就是这么说的，还说起搬离恩尼瑟拉的兄弟们，还有一个姐姐，终于在母亲葬礼时回乡再聚首。“一家人啊，说来真惭愧。”他重新锁好大门，坐上她的车时这么说。车开到大房子时，他总请她等待片刻。直到里面的喧闹声安静下来，灰色的厅门才会向她打开。

去那里的日子，她会稍加装扮。这天早上，忙完卧室里的事后，她突然想到了这一点。她是为他们装扮的，因为他们喜欢。他们说过，有时当她走过大厅，也就是他们通常溜达的地方，他们会朝她走过去，口中念念有词却无人能懂，直到看守上前阻止为止。他们不在乎被看守管制。这个看守还说，那些人不在她眼前，但离她也只有一步之遥，都在楼梯上呢。他会回头看一眼，指着五级石阶，提醒她别绊倒了。他在屋角转一个弯，走进一条长廊，屋顶上的黄色灯泡有一只没一只地亮着，两边的门都紧闭着，地板上没有铺地毯，墙上也没有挂任何画。用作访客和病人见面的房间也同样空无一物，一样的黄墙，一只灯泡在基督像下面放光，她的绣品挂在这里，如有非凡的荣耀。“好呀，好呀，今天有一位访客。”那个看守会笑一声，而你也不会忘记那种笑。那天开车进来的路上，他说这里有不少人都误以为她是那位病人的太太，说到这里他就被自己逗乐了。他说，为此还有过一阵争论呢，后来，争论的主题又变成了日期，大家争相猜测她这次或下次什么时候来。她总是每隔两星期来一次，但又有好几次，好像她弄错了日子，可能是算错了，大伙儿便众说纷纭。“其实，您从没算错日子，”看守说，“这么多年了。”到最后，她一共去了十七年。

她从卧室走到洗浴间的一路上，看守的那张脸浮现在她眼前。有些人的面孔就是很好记，另一些却怎么也记不住。是不是这个看守说的——会给她专配一把大门钥匙？那是冬季里的一天吗？钉着木栏的窗玻璃上水汽都结冰了，你望出去却什么也看不到？钥匙准备好的时候，已经是春天了，专为她一个人而配的，他们在门锁里试了试，因为新钥匙总会有点涩。他们俨然是在进行某种仪式，看守把开门的诀窍一一告诉她。

她把洗脸水倒在洗浴间，将珐琅水桶倚在浴缸边沥水。下楼时，她一一走进每一间屋子，只是去看那一切如昨的光景，但她还是忍不住去看。一只蜘蛛趴在网上，就在她触手可及的地方，那是昨晚编出来的网。她把蜘蛛挪到窗边，拉起窗框，将它放到外面去，还把蛛网扫得一干二净。到了这个时节，每天早上都能在什么地方看到一两只蜘蛛。

进了厨房，她走向炉灶，选了那只出火最利落的灶台。看着发热圈渐渐变红，她收听刚刚开始的新闻广播：昨晚，一位农夫被谋财害命，某处的高尔夫球手刚刚打破了世界纪录。这台小小的蓝色胶木无线电是亨利的妹妹移民去美国时搬进厨房里来的，周末晚上会为他们播放林内主持的“提问主持人”，除此之外也没别的用处。好像那时是一九三八年。

昨天，送杂货的人来过了，放在罐头里的面包还很新鲜。“要是你还没连上互联网，那可就落伍了。”收音机里有人用活泼的声调提醒听众们。她正在煮茶，纳闷这说的究竟是什么意思，也想起“巴尔的摩女孩”会在九点差一分冒出来，说她父亲花钱去里斯莫，她则花钱去读《黑色魔法师》。“你不会跟我说，你从没赶过时髦吧?”广播里那个男声一惊一乍地说道，她回过神来，又漫无边际地想到了别的事情，她自个儿也不知道为什么：她突然想知道，拉尔夫有没有去读摩根夫人的书？亨利凑在炉灶旁坐着，说自己冻得浑身打颤，她开车去找新来的女医生，神父拎着扁扁的黑皮箱也来了，里面装着他所需的一切东西。一年后的一个清晨，布里吉特也没能起床。

她慢悠悠地吃早餐，现在，广播已经关上了。然后，用壶里最后一点热水冲洗了杯盏餐盘，擦净餐刀，再清掉茶渣，把茶壶倒放在沥水池上，做完这一切后，她搬了把椅子到院落里。接着又搬了一把出去，然后是第三把，脚步稍因跛足而有点不稳，但习惯了一辈子，似乎也不那么明显了。她坐下来，等待，在太阳底下打起盹来。

现在的色彩都是他喜欢的：红色和绿色，黄色和紫色，蓝色是他的最爱。他喜欢分舌蜂雀，眼珠黑得像沥青，啄坏了两条封板。

她说：“坐窗边吧，好不好?”听到布谷鸟叫的那天，他们从长满千里光菊的山坡草地上俯瞰下去，单纯的绿色铺展着，没有一棵树，林荫道旁也没有篱笆或扶栏，只有高高的砖墙。“哦，听啊!”当两只布谷鸟和声唱起来时，她也欢叫起来。

他扔出骰子，挪动了他的棋；他总希望她赢，就算他从来没说过，她也很清楚。有一次，在休息室里，她分明听见了他的声音，但之后就再也没听见过；让他着魔的混乱记忆就是他的秘密。精神病院里藏着很多人的秘密，有个年轻的看守这么说过；疯人院的每个角落里都有昔日被珍藏守护的隐秘往事，因为别的地方都不够安全。记忆在混乱中被遗忘，通常，那是病人最后的、唯一的痴狂。年轻看守的说法有点夸大吧。

当他们俯瞰山景时，会看到松鼠在蓬乱草丛间觅食，偶尔也会竖起小脑袋，警觉地摆摆耳朵。有一次，狐狸在它们旁边溜达，她说，狐狸聪明过头了，松鼠都懒得与其为敌，又疑心他是不是听懂了。

她睡得更沉时，又能看到那时的事。看守说，时间到了，便带她走下楼梯、走进过道，一路上都能看到疯狂的面孔闪过，看守们要把他们从她面前拉开。还有很多手伸出来，然后就无害地在空中乱舞。

※

“哎哟，原来你在这儿呢!”玛莉·芭瑟罗修女喊了一嗓子。

两个修女穿着当下那种干净又整齐的修女服走过小圆石地，每个人都带了什么给她，同样给她带来镇上的新人新事——女修道院里也有了新气象，修道院食堂外还摆上了自动锁储物柜。还有很多新鲜事，可她没怎么听，也不去问，因为玛莉·芭瑟罗修女也不打算停下来解释一番，她正兴奋地谈到这星期来的两个新修女。安东尼修女给她带来了今早出炉的短棍面包，玛莉·芭瑟罗修女还带了某种本草茶叶。

“恩尼瑟拉?”玛莉·芭瑟罗修女听她问，“哦，现在吗? 有什么新鲜事?”便又重复了一遍刚才的话。

小轿车折腾出了一点毛病，散热器滚烫。要是车子修不好，她们就得骑自行车出来了。当然，这倒不是说她们不能骑，说完几个女人都笑起来。

“康顿的车行关张啦。”安东尼修女说，“小哈尔芬从美国回来了。”

“你可不能说埃蒂是小哈尔芬，”玛莉·芭瑟罗修女轻轻咕哝着，表示反驳，“他不年轻了。”

“我是说他离开爱尔兰的时候，还是小哈尔芬。”

“哦！那时候确实年轻得很。”

“说说李神父怎样了。”

“李神父大概要出趟远门，去历元庆典。”

修女们总是周二来，听她们闲聊是非常愉快的。自从她们第一次来过以后，每个星期都不会忘了她。

“你们真好。”她说。修女们好到前来探望一位信仰不同的老妇人，好到一听说她孤独地生活就前来陪伴。大老远跑来，她们真是太好了。“真有善心啊。”她又说。

以前她也这么说过，后来，修女们陪她散步时，跟她说起去年夏天在美乐瑞山静修院，有个顽固的老修女曾批评她们：竟然驱车十四英里，去看一位信仰清教的老妇！老修女气呼呼地问道：“换作是她，会这么做吗？”她们没说当初是如何作答的。从那时起，她们就听说这件事传遍了小镇，仿佛一夜之间就成了新闻。多年前，当她走在葬礼队列里，穿过整个小镇时，也曾成为恩尼瑟拉街谈巷议的焦点；多年来她不间断地去精神病院看望他，也一样被人没完没了地议论。在她看来，那没什么大不了的，为什么有人去看望了另一个人或是走在棺材后头就那么稀奇呢，难道他们不这么做吗？

“天鹅呢？”

“还在老地方呢。”

她总会问起天鹅，修女还没来时，她就会提醒自己别忘了。要是天鹅离开了恩尼瑟拉，那可是天大的损失。她父亲生前对她说的最后一句话就是关于果园里不曾离去的蜜蜂。

她们都笑吟吟地看着她，玛莉·芭瑟罗修女的头发长了些，打着卷垂在脸颊上，安东尼修女红彤彤的脸蛋就像太阳。刚进院子，她们就能闻到刚煮好的咖啡香。安东尼修女说，那是奥哈根咖啡园里种植的豆子，这时候，玛莉·芭瑟罗修女已从狗道里搬出了桌椅，摆好了绿毛毯覆盖的牌桌。她们玩的是经久不衰的瑞吉纸牌。

“我以为我们把烤饼拿出来了呢。”她说，才发现她们没有坐在安东尼修女刚刚铺好桌布的桌旁。

“还在罐头里呢，”安东尼修女说，“收在罐头里能保持新鲜。”

花卉图案的饼干桶里有面包店姐妹做的蛋白杏仁饼干、一块她自己做的水果蛋糕，还有烤饼。

“多美啊！秋天的阳光最迷人了！”玛莉·芭瑟罗修女说。

“是啊，多美啊。”

让她们惊讶的是她的沉静。因为她们早已听说她的传奇，至今仍不绝于耳，可每次她们来到这里，却发现往事波澜竟没有在此留下丝毫痕迹，她们只感到平和。很久以前，时运不济，灾难塑造了一种生活，也塑造了那些流传不息的故事，然而，这会是眼下这片宁馨美景的根源吗？是否正如她们的所见所闻：收获不幸苦难的时候，也会发现有甜美的果实？她们喜欢这样的结论，而她，也领会到她们的心意。

她们的惊异之情尽显于举手投足之间，也表露在她们带来的小礼物中，甚至她们凝视她的眼神中。她们无法见证自己的神情，但别人可以，来看望她的每一程都带来救赎的意味；她们只是迷惑，怎么会有这种意味的呢？如此虔诚，又持续了如此之久。为什么过往的一切被淡化了？往事尽逝，理应无所留存，那这份仁慈又从何而来？他们赞颂仁慈，默默无声地在心底为葬礼上的那个身影鼓掌，可除此之外，街头巷尾的谣传不能告诉她们更多缘由。

她们经常开玩笑说：就算她们不来，她也能过得很完美，因为她已经打造了一门与孤独相处的艺术。厨房里见不到污垢，她知道她们一直为此纳闷。现在的她要比小姑娘时注重装扮。在她安祥的老年生活里，偶尔还会有理发师会从恩尼瑟拉来。

"意大利的东西我都喜爱。"玛莉·芭瑟罗修女转移了话题，先前好像把话都聊完了，她们之间出现了片刻沉默。

意大利，是她们经常聊起的话题，包括去那个名叫"蒙特马莫洛"的小镇的旅行。她们也知道那里有狭长、拥挤的小巷，通往大理石矿场的路上满是酸酸的黑樱桃。她们也知道有座小教堂敬拜圣塞西莉亚，她把圣女的传说讲给她们听，她们早已铭记在心。

"可怜的姑娘，"玛莉·芭瑟罗修女满怀怜悯地说道，"我经常想，小塞西莉亚太可怜了。"

那几分钟里，她们一直在聊这个：圣女的所为、所受的惩罚、那种生活。她们又各自倒了些咖啡，牛奶也加了，因为她喜欢加牛奶。她不明白，究竟是什么让她们如此惊喜。她或许会说，当她看到老式自行车靠在堤坝上、又低头看到一个人影默默伫立的时候，一切只是机缘巧合。她刚好看到，那实在很偶然，恰如小时候，她父亲从海崖上低头遥望，却看到奥瑞利家的狗忙不迭地在海边沙砾里埋头找什么。

但修女们不信宿命机缘。神秘，是她们的信仰。取出森林的秘密，便有了矗立的林木；取出大海的秘密，便有了咸咸的海水。这句话，是她第一次翻看休息室书柜时读到的，很久以后，她才想起来，便讲给了修女们听。“哎呀,这警句多规整啊!”安东尼修女赞赏不已,玛莉·芭瑟罗修女则问,这是查尔斯·奇克汉姆还是普劳提神父写的?可她说,都不是,她觉得作者是个外国人。

“我觉得,以后他们会把这栋大屋改造成酒店。”这个念头是某天晚上冒出来的,现在她让她们分享这个预言。那晚,她怎么也睡不着,便让改造酒店的构想肆意进行:会有一个鸡尾酒吧,有一间闹腾腾的大餐厅,卧室门上钉着号码牌。她不介意。没关系的。人们会从四面八方来到这里,以前从没有过这些游客,但现在的爱尔兰就是这样的。基劳兰年轻的渔夫们穿着以前侍者穿的衣服,神气活现地开着汽车。恩尼瑟拉的街头上,人们边走路边打电话。

“啊呀,不会的,不会的。”玛莉·芭瑟罗修女一听她提及酒店,就会连连说不,安东尼修女也一个劲地摇头。

她们不喜欢去想世间的变化,哪怕沧海桑田已在眼前。她们喜欢老时代的安全感,喜欢她们可以从容掌握的东西。修女们也会被新的人取代,现在属于她的这个家也将被取代,如同昔日克莱席莫尔的莫瑞尔家、阿格利斯的戈冯内兹家,芮维勒的派尔家,还有斯维夫家、波伊斯家。肯定会变,但不要紧。如果她说,变更不得不再来一轮,那就会让她的访客们伤心,所以她忍住没说,就当沉默中藏了一个无关紧要的谎言。

她们又问,她又答:关于帕迪·林顿,以及用手语的聋哑渔夫,海边沙砾滩上驻足等待的轻便马车,一盏油灯亮着。所有这些都逝去了,却又感觉还没有全然消散。

“我们该走啦。”安东尼修女的告别结束了这天早上的拜访,终于,谈话又变得脚踏实地了。

※

现在，牧场上的牛全是奥瑞利家的了，长着棕色斑点的大家伙们。她从海崖边望下去，但没有沿着捷径走下海边，因为再便捷的路现在也难走了。一只蜻蜓振翅飞离草地，渐渐飞远，消失在下午静谧的氛围中。

她最喜欢一周中的这一天，哪怕朋友们走后，她会显得有点孤单。到了冬天，她们会帮她点起休息室里的壁炉，她们就在室内喝咖啡。安东尼修女是从农场修道院来这里的，玛莉·芭瑟罗修女则身在教会组织。她们经常谈及往事，回忆儿时熟识的邻居好友，也会提及一两个她听说过的人物。

白昼里的暖意渐渐凉却了。傍晚前，天空尽头蒙上一层日晕，大海如同她一贯所见般平静，海浪轻轻拍岸，你简直能永远那么听下去。她不赶时间；没必要赶时间。留待成为神秘传说或许更好，活在至今流传的故事里也挺好，哪怕布里吉特因此而死去，还有亨利。修女们说过，仁慈的馈赠，宽容的谅解就是圣塞西莉亚的奉献，那时，音乐响起，杀害她的人们就在身边。她们还说，早晚有一天，她们会亲自去拜访那间小教堂。

她总是一笑置之，只能以此面对发生的一切。五月间，欧芹开出白白一片花，她开车远离高高的尖顶大门，盛开的秋季金钟花围绕着小木屋，墙头上总有一条灰狗趴着。精神病院被推倒后好几年，一位上了年纪的看守说，她的造访是那位病人生活中唯一的愉悦。他说，就像黑暗中的一线火光，尽管他始终不知道她是谁。

她本该在孩提时就死去，她知道，但从未向修女们吐露，在度日如年、被陨石般的过往包围的那些岁月中，也从未被囊括进有关她本人的传说里。那会让她们泄气，尽管反而会令她的意气高涨，因为，毕竟不是一无所留。

她遥望海潮涌起。她转身离去，任由海潮落下，她走过田野和果园。修女们已经捡起了熟透落地的苹果，但仍有一些散落四处。蜜蜂在那里安居乐业，在金银花丛中忙忙碌碌，蜂房颓败得几乎看不出原有的模样。以前的晾衣绳还挂在原位，被苔藓和湿气涂抹成了灰绿色。

走向山谷中有踏脚石的小溪的路途变险峻了，她通常会用拐杖帮着自己走，拐杖还放在几星期前搁下的地方，靠着拱廊墙。她有点想走那条艰难的路，哪怕万事万物都不会有什么变化：刻在树干上的名字早已被新树皮覆盖，小溪如往常般曲折潺潺，带不走任何岸边的事物，和她小时候并无区别。这段路走了整整一下午，她都没觉察到夜色降临。

回到大屋里，她煮了鸡蛋，做了吐司，忙完厨房里的事情，再把所有房间一一走遍。她的绣品都挂在画框里，玻璃下会爬进几只蓟马虫，微小的尸体也在点缀着画中的岩石、池塘和花丛。楼下洗浴间里的浴缸已经裂出条条缝隙，绿色和棕色的装饰都褪色了；百叶窗半垂，也有一条深深的裂纹；电灯泡挂在天花板上，没有灯罩。

她在休息室里走了一圈，指尖滑过门橱的玻璃、桌子边沿、不知名的高特家祖先肖像下的书桌、牧羊圣人的头顶。她再一次闻到母亲手帕上的香味、再一次听到父亲在唤她“小淑女”。

她在窗边的椅子里坐下，望着窗外蓝蒙蒙的绣球花。林荫道上的树影更加浓密，树冠的轮廓硬生生地映在蓝天上。几只白嘴鸦飞下来，在草地上扒拉，每天晚上到了这个时候，它们都这样来一遍，当她望着天色渐尽，它们就是她的同伴。